KB184278

ALICE'S ADVENTURES IN WONDERLAND.

BY

LEWIS CARROLL.

WITH FORTY-TWO ILLUSTRATIONS BY JOHN TENNIEL.

London:

MACMILLAN AND CO.

1865.

이상한 나라의 앨리스

Alice's Adventures in Wonderland

루이스 캐럴 지음 | 존 테니얼 그림 | 박지선 옮김

더스토리

황금빛 햇살이 물든 오후 내내
우리는 배를 타고 유유자적 미끄러지듯 흘러가네.
작은 두 팔을 서툴게 움직여 노를 젓고
작은 손들을 괜히 흔들며
정처 없이 떠도는 우리를 이끄네.

아, 가혹한 세 자매여! 이런 시간에,
이토록 꿈결 같은 날씨에
작디작은 새의 깃털조차 흔들지 못할 만큼
가녀린 숨을 내쉬는 자에게 이야기를 청하다니!
하지만 가여운 한 사람의 목소리가
입을 모아 말하는 셋을 상대로 무엇을 할 수 있단 말인가?

도도한 첫째가 퉁명스레 명령을 내리네.
"어서 시작해요."
둘째는 좀 더 부드러운 목소리로 소망을 말하네.
"말도 안 되는 엉뚱한 이야기면 좋겠어요!"
한편 셋째는 가끔 이야기에 끼어드네.

이내 갑작스런 침묵이 흐르네.
세 자매는 공상 속에서
새와 짐승과 즐거이 이야기하며

터무니없고 새로운 불가사의가 가득한 땅 여기저기를 다니는
꿈의 아이를 쫓아다니네.
그러면서 이야기가 반쯤은 사실이라고 믿는다네.

이야기가 바닥나고
공상의 우물이 말라버리자
지친 이가 화제를 바꾸려고 소심하게 애를 쓰네.
"나머지는 다음에……." "지금이 다음이에요!"
행복한 목소리들이 일제히 외치네.

그리하여 이상한 나라의 이야기가 자라났지.
이렇게 천천히, 하나씩
기묘한 사건들이 벌어졌고
이제 이야기는 끝이 났네.
우리 즐거운 선원들은 저무는 햇살 아래에서
집을 향해 배를 돌린다네.

앨리스! 이 어린아이 같은 이야기를 받아주렴.
그래서 어린 시절의 꿈이 얽힌 기억 속의 신비스러운 띠에
다정한 손길로 놓아두렴.
아주 먼 나라에서 꺾은 꽃으로 만든
순례자의 시든 화환처럼.

차례

♣ ♥ ♠ ♦

***일러두기**

주석은 모두 옮긴이 주다.

1 토끼 굴로 내려가다

둑에서 언니 곁에 하릴 없이 앉아 있던 앨리스는 무척 지루해지던 참이었다. 언니가 읽는 책을 한두 번 곁눈질해 보았으나 그림도 대화도 없어서 '그림도 대화도 없는 책을 왜 읽는 걸까?'라고 생각했다.

그래서 데이지 화환을 만드는 일이 자리에서 일어나 데이지를 꺾는 수고를 감수할 만큼 재미있을지 고민했다. (날이 더워서 졸리고 멍했기 때문에 최대한 생각해보려 애썼다.) 그런데 그때 눈이 빨간 흰 토끼 한 마리가 앨리스를 스쳐 뛰어갔다.

그렇게까지 특별한 일은 아니었다. 토끼가 "아, 이런! 아, 이런! 너무 늦겠어!"라고 중얼거리는 소리를 들었을 때도 그다지 이상하다고 생각하지 않았다. (나중에 이 일을 곱씹을 때는 이상

하게 여겨야 마땅했다는 생각이 들었지만 당시에는 모든 것이 아주 자연스러워 보였다.) 하지만 토끼가 정말로 조끼 주머니에서 회중시계를 꺼내 시간을 확인하고 서둘러 가자 앨리스는 벌떡 일어섰다. 주머니 달린 조끼를 입은 토끼도, 그 주머니에서 시계를 꺼내 보는 토끼도 본 적이 없다는 생각이 번득 스쳤기 때문이다. 호기심이 불타오른 앨리스는 토끼를 쫓아 들판을 내달렸고 운 좋게도 토끼가 생울타리 아래에 난 커다란 토끼 굴로 얼른 들어가는 모습을 때마침 보게 되었다.

앨리스는 대체 어떻게 다시 밖으로 나올지는 한 번도 생각해 보지 않은 채 토끼를 쫓아 홀연히 토끼 굴로 내려갔다.

토끼 굴은 얼마간 터널처럼 곧게 이어지다가 갑자기 밑으로 푹 꺼졌는데, 너무 갑작스러워서 앨리스는 멈출 생각을 할 겨를도 없이 어느새 아주 깊은 우물에 빠졌다.

우물이 정말 깊거나 아주 천천히 떨어지는 모양이었다. 떨어지는 동안 주위를 살펴보고 앞으로 무슨 일이 일어날지 궁금해할 시간이 충분했기 때문이다. 맨 먼저 앨리스는 아래를 내려다보며 무엇을 향해 떨어지는지 알아내려 애썼으나 너무 어두워서 아무것도 보이지 않았다. 그다음으로 우물 벽을 살펴보니 찬장과 책꽂이가 가득했다. 못에 걸린 지도와 그림도 여기저기에 보였다. 앨리스는 떨어지면서 찬장에서 단지를 하나 꺼냈다. '오렌지 마멀레이드'라고 적힌 라벨이 붙어 있었지만 대단히 실망스럽게도 단지는 비어 있었다. 앨리스는 단지를 떨어뜨려서 누군가를 죽일까 봐 겁났기 때문에 내려가는 동안 지나친 찬장에 겨우 집어넣었다.

'휴! 이 정도로 깊이 떨어지고 나면 계단에서 굴러 떨어지는 것쯤은 아무것도 아니겠지! 집에 돌아가면 다들 내가 용감하다고 생각할 거야! 집 꼭대기에서 떨어진대도 찍소리도 내지 않을 거야!' (정말 그럴 수 있을 것 같았다.)

아래로, 아래로, 아래로. 멈추지 않고 계속 떨어질 것만 같왔다! "지금쯤이면 몇 킬로미터나 떨어진 걸까?" 앨리스가 소리 내어 말했다. "지구 중심과 가까운 곳에 와 있는 게 틀림없어. 어디 보자. 6,000킬로미터쯤 되겠군." (앨리스는 학교 수업 시간에 이런 종류의 지식을 몇 가지 배웠다. 물론 듣는 이가 아무도 없는 지금 같은 상황이 지식을 뽐내기에 썩 좋은 기회는 아니지만 이렇게 되풀이해서 말해보는 것은 좋은 습관이었다.) "그래, 그 정도 거리일 거야. 그나저나 위도나 경도는 어디쯤인지 궁금하네." (앨리스는 위도와 경도가 무엇인지 몰랐지만 말하기에 근사한 단어라고 생각했다.)

곧 앨리스는 다시 혼잣말을 했다. "지구를 완전히 뚫고 나갈지도 몰라! 머리로 바닥을 딛고 거꾸로 걸어 다니는 사람들 틈으로 나가면 정말 웃기겠다! 이런 사람들을 '반감들(antipathies)[1]'이라고 하는 것 같은데." (앨리스는 이번에는 듣는 이가 아무도 없어서 다행스러웠다. 방금 말한 단어가 완전히 틀린 것 같았기 때문이다.) "그 사람들에게 나라 이름이 뭔지 물어봐야겠어. 실례합니다, 선생님. 여기가 뉴질랜드인가요? 아니면 오스트레일리아인가요?" (앨리스는 이렇게 말하며 실제로 무릎을 굽혀 인사하려 했다. 허공에서 떨어지면서 무릎을 굽혀 인사하려는 모습을 상상해보라! 해낼 수 있다고 생각하는가?) "그러면 그런 걸 물

1 '대척점에 사는 사람들'을 뜻하는 'antipodean'이라고 해야 맞다. 빅토리아 시대에는 지구 중심을 향해 뚫린 구멍으로 떨어지면 무슨 일이 일어날지 추측하는 것이 유행이었다.

어보는 날 무식한 아이라고 생각할 거야! 안 돼, 절대 물어보지 말아야지. 어쩌면 어딘가에 쓰여 있을지도 몰라."

아래로, 아래로, 아래로. 앨리스는 달리 할 일이 없어서 다시 중얼거렸다. "오늘밤에 다이너가 날 무척 보고 싶어 할 게 틀림없어!" (다이너는 고양이다.) "차 마시는 시간에 잊지 않고 우유를 줘야 할 텐데. 아, 귀여운 다이너! 너와 함께 이곳으로 떨어졌다면 좋을 텐데! 안타깝게도 공중에서 떨어지는 중이라 쥐는 없겠지만 박쥐를 잡을 수 있을지도 몰라. 박쥐는 쥐랑 비슷하잖아. 그런데 고양이가 박쥐도 먹던가?" 이 대목에서 앨리스는 잠이 오기 시작했고 잠꼬대를 하듯이 계속 중얼거렸다. "고양이가 박쥐를 먹나? 고양이가 박쥐를 먹어?" 그리고 가끔은 "박쥐가 고양이를 먹나?"라고 했다. 어느 쪽도 답을 알지 못했기에 어떤 식으로 말하든 별 상관없었다. 앨리스는 자신이 졸고 있다는 것을 알았고 다이너와 손을 잡고 걷는 꿈을 꾸면서 아주 진지하게 말했다. "자, 다이너, 솔직하게 말해봐. 박쥐 먹어 본 적 있어?" 그때 갑자기 쿵! 탁! 소리가 나며 쌓여 있는 나뭇가지와 마른 잎 위로 떨어졌고 그렇게 바닥에 닿았다.

앨리스는 조금도 다치지 않았고 이내 벌떡 일어섰다. 위를 올려다보았지만 온통 깜깜할 뿐이었다. 앞에 길이 길게 나 있고 그 길을 서둘러 가는 흰 토끼가 보였다. 멍하게 있을 시간이 없었다. 앨리스는 바람처럼 날아 쫓아갔고 모퉁이를 돌면서 토끼가 하는 말을 때마침 들었다. "아, 내 귀와 수염아, 너무 늦었어!" 앨리스는 토끼를 바짝 쫓아 모퉁이를 돌았지만 토끼는 더 이상 보이지 않았다. 앨리스의 눈에 띈 것은 낮은 천장에 등불이 줄줄이 달린 긴 복도였다.

복도 여기저기에 문이 많았지만 모두 잠겨 있었다. 앨리스는 이쪽저쪽을 오가며 문을 전부 다 열어본 다음 여기에서 어떻게 나갈까 생각하며 시무룩하게 복도 중앙을 걸어갔다.

그러다가 난데없이 다리가 셋 달린 작은 탁자 하나가 눈에 띄었는데, 전체가 유리로 만든 것이었다. 탁자 위에는 작은 황금 열쇠 하나밖에 없었고 앨리스는 그 열쇠가 복도에 난 문 여러 개 중 하나를 열 수 있을 것이라는 생각이 가장 먼저 들었다. 하지만 이럴 수가! 자물쇠가 너무 커서인지 열쇠가 너무 작아서지는 몰라도 황금 열쇠가 맞는 문은 하나도 없었다. 하지만 다시 복도를 둘러보니 전에 미처 보지 못한 커튼이 드리워진 게 보였고, 커튼 뒤에는 높이가 40센티미터쯤 되어 보이는 작은 문이 있었다. 그 문의 자물쇠에 황금 열쇠를 끼우자 아주 기쁘게도 꼭 맞았다!

앨리스가 문을 열자 쥐구멍만 한 작은 통로가 이어졌다. 그래서 무릎을 꿇고 통로를 들여다보니 그 끝에 난생처음 보는 아름다운 정원이 있었다. 앨리스는 컴컴한 통로를 지나 화사한 꽃이 가득한 화단과 시원한 분수 사이를 거닐고 싶은 마음이

간절했지만 문에 머리조차 끼워 넣을 수 없었다. 가여운 앨리스는 생각했다. '머리가 들어간다고 해도 어깨가 안 들어가는데 무슨 소용이람. 아, 몸을 망원경처럼 접을 수 있으면 얼마나 좋을까! 시작하는 방법만 알면 할 수 있을 것 같기도 한데.' 보다시피 요사이에 이상한 일이 하도 많이 생겨서 앨리스는 불가능한 일은 없다는 생각이 들었다. 작은 문 앞에서 기다리고 있어봤자 소용없을 것 같아 앨리스는 탁자로 돌아갔다. 다른 열쇠나 사람을 망원경처럼 접는 방법이 쓰인 책이라도 있지 않을까 바라는 마음도 어느 정도 있었다. 이번에는 탁자 위에서 작은 병을 발견했다. (앨리스는 "분명 아까는 없었는데"라고 말했다.) 병목에는 '나를 마셔요'라고 큰 글씨로 멋있게 인쇄된 종이 라벨이 감겨 있었다.

'나를 마셔요'라는 말이 아주 친절해 보였지만 영리한 꼬마 앨리스는 조급하게 그 말을 따르지 않았다. "안 되겠어. 먼저 살펴보고 '독약'이라는 표시가 있는지 확인해야지." 앨리스는 불에 데거나 야생동물을 비롯한 무시무시한 것들에게 잡아먹

힌 아이들에 관한 재미있는 옛날이야기를 몇 편 읽은 적이 있다. 이야기 속 사건들은 모두 친구들이 알려준 간단한 규칙을 지키지 않아서 벌어졌다. 이를테면 시뻘겋게 달아오른 부지깽이를 너무 오래 잡고 있으면 화상을 입는다든지 칼에 손을 아주 깊이 베이면 피가 난다든지 하는 것들이다. 앨리스는 '독약'이라고 표시된 병에 담긴 것을 많이 마시면 머지않아 몸에 탈이 나는 것이 거의 확실하다는 사실을 잊지 않고 있었다.

하지만 이 병에는 '독약'이라는 표시가 없어서 앨리스는 과감하게 마셔보았는데 맛이 아주 좋았다. (체리타르트, 커스터드, 파인애플, 칠면조 구이, 토피, 버터를 발라 구운 따뜻한 토스트의 맛이 한꺼번에 났다.) 그래서 앨리스는 어느새 병에 든 것을 다 마셔버렸다.

"느낌이 정말 이상해! 망원경처럼 접히고 있는 게 틀림없어." 앨리스가 말했다.

그리고 그 일이 실제로 일어났다. 이제 앨리스는 키가 25센티미터 정도였고, 작은 문을 지나 아름다운 정원에 가기에 알맞은 크기가 되었다는 생각에 표정이 밝아졌다. 하지만 먼저 더 작아지지는 않는지 살펴보려고 잠시 기다렸다. 앨리스는 이런 생각에 약간 초조해져서 중얼거렸다. "양초처럼 마지막에는 완전히 사라져버릴지도 몰라. 그럼 어떻게 되는 거지?" 그러면서 양초가 다 타서 불이 꺼지면 타고 있던 불꽃이 어떤 모양이 되는지 상상해보려 애썼다. 그런 걸 본 적이 있는지 도무지 기억나지 않았기 때문이다.

잠시 후 더 작아지지 않는다는 것을 알게 된 앨리스는 당장 정원으로 가기로 했다. 하지만 아아 불쌍한 앨리스! 문 앞에 도착해서야 작은 황금 열쇠를 깜빡했다는 사실을 깨달았다. 그래서 열쇠를 가지러 탁자로 돌아갔지만 열쇠에 손이 닿지 않는다는 것을 알게 되었다. 유리를 통해 열쇠가 또렷하게 보여서 탁자 다리 하나를 타고 올라가려고 최선을 다했지만 너무 미끄러웠다. 몇 번을 시도하다 지친 가여운 꼬마 앨리스는 주저앉아 울음을 터뜨렸다.

"진정해, 이렇게 울어봤자 소용없어!" 앨리스는 약간 매섭게 중얼거렸다. "충고하는데, 당장 그쳐!" 원래 앨리스는 자신에게 아주 유익한 충고를 잘했다. (물론 그 충고를 따르는 경우는 아주 드물었지만.) 그리고 때로는 눈물이 쏙 빠질 정도로 자신을 엄격하게 꾸짖기도 했다. 예전에 혼자 양쪽 팀 역할을 번갈아 하며 크로케 경기[2]를 하다 속임수를 쓰고는 자기 뺨을 때리려고 한

2 직사각형 잔디 경기장에서 망치 모양 도구로 공을 쳐서 기둥 문 6개를 통과시키는 구기 종목으로, 게이트볼의 원형이다.

일도 있다. 앨리스는 두 사람 역할을 하는 놀이를 정말 좋아했다. 가여운 앨리스는 생각했다. '하지만 지금은 두 사람 역할을 하는 것도 소용없어! 존중받는 한 사람 노릇하기도 벅차!'

잠시 후 앨리스의 시선이 탁자 아래에 놓인 작은 유리 상자에 머물렀다. 상자를 열자 아주 작은 케이크가 있었는데 그 위에는 '나를 먹어요'라고 건포도로 멋지게 쓰여 있었다. "음, 이걸 먹어야겠다. 이걸 먹고 커지면 열쇠를 집을 수 있을 거야. 혹시 더 작아지면 문 아래 틈으로 기어들어갈 수 있을 테고. 어느 쪽이든 정원에는 갈 수 있을 테니 어떻게 되든 상관없어!"

앨리스는 케이크를 조금 먹고 걱정스럽게 중얼거렸다. "어느 쪽이지? 어느 쪽?" 커지는지 작아지는지 느껴보려고 머리 위에 손을 갖다댄 앨리스는 크기가 달라지지 않아서 깜짝 놀랐다. 분명 케이크를 먹고 몸이 커지거나 작아지지 않는 것이 일반적이지만, 앨리스는 이상한 일만 일어나리라고 기대하는 데 너무 익숙해져서 삶이 평범하게 돌아가자 지루하고 시시해 보였다.

그래서 앨리스는 케이크를 다시 먹기 시작했고 순식간에 다 먹어치웠다.

눈물 웅덩이

2

“점점 희한해지네![3]” 앨리스가 외쳤다. (너무 놀란 나머지 그 순간에는 정확하게 말하는 법도 잊어버렸다.) “이제 내 몸이 세상에서 가장 큰 망원경처럼 펼쳐지고 있어! 잘 가렴, 내 발들아!” (발을 내려다보자 너무 멀리 떨어져서 보이지 않을 지경이었다.) 앨리스는 생각했다. ‘아, 불쌍한 내 발들아, 앞으로는 누가 너희를 위해 신발과 스타킹을 신겨줄까? 난 분명 할 수 없을 거야! 난 그런 수고를 하기 힘들 정도로 아주 멀리 떨어질 테니까. 너희가 최대한 알아서 해야 해. 그래도 발들에게 친절하게 대해야 하는데. 안 그러면 내가 가고 싶은 곳으로 걷지 않을지도 몰라!

---

3 앨리스는 ‘curious(별난, 희한한)’의 비교급을 ‘more curious’가 아니라 ‘curiouser’라고 잘못 말했다.

어디 보자. 크리스마스마다 새 장화를 사주겠어.'

앨리스는 계속해서 어떻게 장화를 전달할지 계획을 세웠다.

'우편집배원에게 배달해달라고 해야겠다. 자기 발에게 선물을 보내다니 얼마나 웃겨 보일까! 게다가 주소는 또 얼마나 이상해 보일지!

난로망 앞에 깔린
양탄자에 있는
앨리스의 오른발 귀하
- 사랑을 담아 앨리스가.

'이런, 내가 지금 무슨 말도 안 되는 소리를 하고 있는 거지!'

바로 그때 앨리스는 복도 천장에 머리를 부딪혔다. 이제 앨리스의 키는 3미터 가까이 되었다. 앨리스는 작은 황금 열쇠를 재빨리 집어 들고 정원으로 통하는 문으로 황급히 갔다.

불쌍한 앨리스! 앨리스가 할 수 있는 일이라고는 옆으로 누워서 한쪽 눈을 문에 대고 정원을 바라보는 것뿐이었다. 문으로 들어가 통로를 지나가기는 아까보다 절망적인 상황이었다. 그래서 일어나 앉아 다시 울기 시작했다.

"창피한 줄 알아야지. 너처럼 큰 애가 (이게 말하는 것도 당연했다.) 이렇게 계속 울기나 하고 말이야! 당장 뚝 그쳐, 그치라니까!" 하지만 앨리스는 계속 울면서 눈물을 주룩주룩 흘렸고, 그 바람에 주위에 복도 면적의 절반을 차지하는 깊이 10센티미터 정도의 큰 웅덩이가 생겼다.

잠시 후에 앨리스는 멀리에서 타닥타닥하는 희미한 발소리를 들었다. 그래서 무엇이 다가오는지 보려고 황급히 눈물을 닦았다. 멋있게 차려 입은 흰 토끼가 걸어오고 있었다. 토끼는 한 손에는 흰 염소가죽 장갑 한 쌍을, 다른 한 손에는 큰 부채를 들고 뭐라고 중얼거리며 아주 급히 종종걸음으로 다가왔다. "아! 공작부인, 공작부인을 어쩌지! 이런! 계속 기다리게 하면 몹시 화를 낼 텐데!" 앨리스는 너무 심하게 절망한 나머지 누구에게라도 당장 부탁할 작정이었다. 그래서 토끼가 가까이 오자 작은 목소리로 머뭇머뭇 말을 꺼냈다. "선생님, 괜찮으시다면……." 토끼는 소스라치게 놀라서 장갑과 부채를 떨어뜨리고 최선을 다해 힘차게 어둠 속으로 허둥지둥 달려갔다.

앨리스는 부채와 장갑을 집어 들었고 복도가 아주 더웠기 때문에 연신 부채질을 하며 말했다. "어쩜 이럴 수가! 오늘은 어찌나 이상한 일만 생기는지! 어제는 평소와 다름없었는데. 밤사이에 내가 달라진 걸까? 생각해보자. 오늘 아침에 일어났을 때는 어제와 똑같았나? 뭔가 좀 달라진 기분이었던 것 같기도 해. 하지만 내가 어제와 같지 않다면 그다음으로 궁금한 건 대체 나는 누구란 말이지? 아, 이거 정말 골치 아픈 문제네!" 앨리

스는 알고 지내는 또래 아이들을 모두 떠올려보았다. 그들 중 누군가로 변한 게 아닌지 확인하고 싶어서였다.

"에이더가 된 건 아니야. 에이더는 긴 곱슬머리인데 내 머리는 전혀 곱슬곱슬하지 않으니까. 메이블일 리도 없어. 난 온갖 걸 다 알고 있지만 그 애는, 아! 그 애는 아는 게 거의 없어! 게

다가 그 애는 그 애고 나는 나야. 그리고…… 아, 이런! 너무 헷갈리잖아! 내가 전에 알던 걸 지금도 아는지 확인해봐야겠다! 어디 보자. 4 곱하기 5는 12, 4곱하기 6은 13, 4곱하기 7은…… 이런, 이래가지고는 20까지 절대 못 갈 텐데![4] 하지만 구구단은 중요하지 않아. 지리로 넘어가야겠다. 런던은 파리의 수도이고 파리는 로마의 수도이고 로마는…… 아니야, 이건 다 틀렸어. 확실해! 내가 메이블로 변한 게 틀림없어! 〈꼬마 꿀벌〉을 외워봐야겠다." 앨리스는 배운 내용을 암송할 때처럼 두 손을 모아 무릎에 올리고 시를 외우기 시작했지만 잔뜩 쉰 이상한 목소리가 났고 원래 시와 다른 단어가 나왔다.

꼬마 악어는
반짝이는 꼬리를 다듬고
황금 비늘 하나하나에
나일강 물을 끼얹지요!

꼬마 악어는
기분 좋게 씩 웃으며
발톱을 멋지게 펴고

---

4 영국 구구단은 12단까지 있다. 앨리스의 셈법대로라면 4×7=14, 4×8=15…… 4×12=19가 되어 20에 도달할 수 없다.

다정한 미소를 띤 턱을 벌려

작은 물고기들을 반갑게 맞이하지요![5]

“원래 시는 분명 이게 아닌데.” 앨리스는 눈물이 가득 고인 채 말을 이었다. “어쨌든 난 메이블이 된 게 틀림없어. 그럼 작고 허름한 집으로 가서 살아야 할 테고 가지고 놀 장난감도 없겠지. 아, 배울 건 또 얼마나 많을까! 아니야, 결심했어. 내가 메이블이 된 거라면 여기 그냥 있어야겠다! 사람들이 머리를 들이밀고 ‘꼬마야, 다시 올라오렴!’이라고 말해도 소용없을 거야. 난 위를 올려다보면서 이렇게 말해야지. ‘그럼 저는 누구인가요? 그것부터 말해주세요. 그 사람이 된 게 마음에 들면 올라갈게요. 마음에 안 들면 다른 사람이 될 때까지 여기에 있을 거예요’ 하지만 이런!” 앨리스는 왈칵 눈물을 터뜨렸다. “사람들이 제발 머리를 들이밀어야 할 텐데! 여기 이렇게 혼자 있는 것에 정말 지쳤어!”

앨리스는 이렇게 말하며 손을 내려다보았는데 놀랍게도 지금껏 말하는 동안 토끼의 작고 하얀 염소가죽 장갑 한 짝을 끼고 있었다. ‘어떻게 장갑을 낄 수 있었지? 다시 작아진 게 틀림

---

5 이 시는 1715년에 아이작 와츠(Isaac Watts)가 교훈을 줄 목적으로 쓴 〈게으름과 장난에 맞서(Against Idleness and Mischief)〉를 패러디한 것이다. 원작은 ‘바쁜 꼬마 꿀벌’을 근면함의 모범으로 삼았다.

없어.' 앨리스는 몸의 크기를 알아보려고 일어나서 탁자로 갔다. 짐작해보니 키가 60센티미터쯤 되는 것 같았는데 빠른 속도로 계속 작아지고 있었다. 앨리스는 들고 있던 부채 때문에 작아진다는 것을 금세 깨닫고는 서둘러 부채를 내려놓아 완전히 사라지는 걸 겨우 모면할 수 있었다.

"정말 아슬아슬했네!" 앨리스는 갑작스런 변화에 겁이 많이 났지만 아직 존재한다는 사실이 매우 다행스러웠다. "이제 정원으로 가는 거야!" 앨리스는 작은 문을 향해 힘껏 달렸다. 하지만 이럴 수가! 작은 문은 잠겨 있었고 작은 황금 열쇠는 아까처럼 탁자 위에 있었다. 앨리스는 생각했다. '최악이야. 이렇게 작아진 건 처음이라고, 처음! 정말이지 너무 싫어, 너무!'

이렇게 생각하는 동안 발이 미끄러진 앨리스는 홀연 풍덩! 소리를 내며 짠 물에 턱까지 빠졌다. 이유는 알 수 없지만 처음에는 바다에 빠졌다고 생각했다. "바다에 빠진 거라면 기차를 타고 돌아갈 수 있겠다." 앨리스가 중얼거렸다. (앨리스는 딱 한 번 바닷가에 가봤는데, 그 뒤로 영국의 모든 해변에는 이동식 탈의실이 많고 나무 삽으로 모래를 파헤치는 아이들이 있고 숙소가 줄지어 있으며 그 뒤로 기차역이 있다고 생각하게 되었다.) 하지만 곧 앨리스는 자신이 3미터 가까이 커졌을 때 흘린 눈물이 고여 생긴 웅덩이에 빠졌다는 것을 알게 되었다.

"그렇게 많이 울지 말걸!" 빠져나가는 길을 찾으며 헤엄치던

앨리스가 말했다. "난 지금 벌을 받는 거야. 내가 흘린 눈물에 빠져 죽게 생기다니! 분명 이상한 일이겠지! 그런데 오늘은 전부 다 이상해."

바로 그때 조금 떨어진 곳에서 첨벙거리며 헤엄치는 소리가 들렸다. 앨리스는 무엇인지 살펴보려고 가까이 헤엄쳐 갔다. 처음에는 바다코끼리나 하마인 줄 알았는데 잠시 후 자신이 얼마나 작아졌는지 떠올리자 그것이 자기처럼 미끄러진 생쥐라는 것을 금세 알아보았다.

'지금 저 생쥐에게 말을 거는 게 뭐라도 도움이 될까? 여긴 모든 게 너무 이상해서 저 생쥐가 말을 할 것 같단 말이지. 어쨌든 해봐서 손해날 건 없지.' 그래서 앨리스는 말을 걸었다. "오 생쥐야, 이 웅덩이에서 빠져나가는 길을 알고 있니? 난 여기에서 수영하는 데 지쳤어. 오 생쥐야!" (앨리스는 생쥐에게 이런 식으로 말을 거는 게 옳다고 생각했다. 쥐에게 말을 걸어본 건 처음이지만 오빠의 라틴어 문법책에서 '생쥐가, 생쥐의, 생쥐에게, 생쥐를, 오 생쥐야![6]'라는 내용을 본 듯했다.) 생쥐는 호기심 어린 눈으로 앨리스를 쳐다보았는데, 작은 눈 하나를 찡긋하여 윙크하는 것 같았지만 말은 하지 않았다.

'영어를 모르나 보다. 정복왕 윌리엄(William the Conqueror)[7]과 함께 건너온 프랑스 생쥐일지도 몰라.' (앨리스는 역사에 대한 지식은 있었으나 어떤 일이 얼마나 오래전에 일어났는지 명확하게 알지는 못했다.) 그래서 다시 말을 걸었다. "우 에 마 샤트?(Où est ma chatte? 내 고양이는 어디에 있지?)" 프랑스어 교과서에 실린 첫 문장이었다. 생쥐는 별안간 물 밖으로 펄쩍 뛰어올랐고 무서워서 온몸을 떠는 것 같았다. "아, 용서해줘!" 가여운 동물의 기분을 상하게 했을까 봐 걱정된 앨리스가 다급하게 외쳤

---

6 앨리스가 라틴어 'Musa(뮤즈 여신)'를 'Mouse(생쥐)'로 잘못 본 것으로 추정된다. 라틴어 명사의 6가지 격 변화 중 앨리스는 '탈격'을 빼먹었다.

7 노르망디 공국의 공작이었으나 노르만을 정복해 잉글랜드 국왕이 된 노르만 왕조의 시조 윌리엄 1세(1028년경 ~ 1087년)의 별칭.

다. "네가 고양이를 좋아하지 않는다는 걸 깜빡했어."

"고양이 싫어!" 생쥐가 날카로운 목소리로 버럭 소리 질렀다. "네가 나라면 고양이가 좋겠어?"

"음, 아마 싫겠지." 앨리스가 달래는 투로 말했다. "화내지 마. 그래도 난 너에게 우리 고양이 다이너를 보여주고 싶은걸. 다이너를 보기만 해도 고양이를 좋아하게 될 거야. 아주 귀엽고 얌전하거든." 앨리스는 웅덩이에서 천천히 헤엄치며 반쯤은 혼잣말하듯이 말을 이었다. "게다가 난롯가에 앉아서 제 발과 얼굴을 핥아 닦으며 얼마나 기분 좋게 가르랑대는지 몰라. 쓰다듬으면 얼마나 부드러운지. 쥐도 정말 잘 잡아. 아, 미안해!" 앨리스가 또 한 번 외쳤다. 이번에 생쥐는 온몸의 털을 곤두세웠다. 앨리스는 생쥐가 정말 화난 게 분명하다고 느꼈다. "네가 싫다면 우리 다이너 이야기는 더 하지 말자."

"우리라니!" 생쥐는 꼬리 끝까지 부들부들 떨면서 소리쳤다. "내가 그 주제에 대해 얘기하려고 한 것처럼 말하네! 우리 종족은 고양이를 줄곧 싫어했어. 심술 맞고 야비하고 상스러운 것들 같으니라고! 그 이름이 다시 내 귀에 들리게 하지 마!"

"정말 안 그럴게!" 앨리스는 이야기를 황급히 다른 데로 돌렸다. "음, 그럼 혹시…… 강…… 강아지는 좋아해?" 생쥐가 대답하지 않자 앨리스는 열심히 말을 이었다. "우리 집 근처에 작고 귀여운 강아지가 있는데 너에게 보여주고 싶어! 눈이 반짝

이는 자그마한 테리어야. 아, 곱슬곱슬한 갈색 털이 길게 나 있어! 게다가 물건을 던지면 물어오고 앞발을 들고 서서 밥을 달라고 조르기도 해. 온갖 걸 다 하는데 절반밖에 기억이 안 나네. 농부 아저씨가 기르는 강아지인데 아주 쓸모가 많아서 100파운드 값어치를 한대! 아저씨에게 들었는데 쥐도 몽땅 다 잡고…… 아, 이런!" 앨리스가 비통하게 외쳤다. "내가 또 생쥐를 화나게 했나 봐!" 생쥐는 힘껏 헤엄쳐 앨리스에게서 달아났고 그 바람에 웅덩이가 거세게 일렁거렸다.

그래서 앨리스는 생쥐를 다정하게 불렀다. "생쥐야! 제발 다시 돌아오렴. 네가 싫으면 고양이나 강아지 얘기는 하지 않을

게!” 이 말을 들은 생쥐는 몸을 돌려 천천히 앨리스를 향해 헤엄쳐 왔다. 얼굴이 아주 창백해져서 (앨리스는 생쥐의 감정이 격해져서 그렇다고 생각했다.) 낮고 떨리는 목소리로 말했다. “웅덩이에서 나간 다음에 내 사연을 말해줄게. 그럼 내가 왜 고양이와 강아지를 싫어하는지 이해할 거야.”

여러 새와 동물이 빠져서 웅덩이가 점점 복잡해졌기 때문에 어서 나가야 했다. 오리, 도도새, 진홍잉꼬, 꼬마독수리를 비롯해 신기한 동물들이 몇몇 있었다. 앨리스가 물길을 헤치고 나아가자 나머지 동물들이 따라 헤엄쳐 물가로 향했다.

코커스 경주와 긴 이야기
3
Alice's Adventures in Wonderland

둑에 모인 무리들의 모습은 엉망진창이었다. 새들은 깃털이 질질 끌렸고 동물들은 털이 찰싹 달라붙어 있었다. 모두 물을 뚝뚝 흘리며 뿌루퉁하고 불쾌한 상태였다.

당연히 첫 번째 논의 사항은 어떻게 몸을 말릴 것인가였다. 다들 이 문제를 의논했는데 몇 분이 지나자 앨리스는 어느새 이들과 평생 알고 지낸 것처럼 친밀하게 이야기를 나누고 있었다. 사실 진홍잉꼬와는 꽤 오래 설전을 벌였는데 결국 골이 난 진홍잉꼬는 이렇게 말했다. "내가 너보다 나이가 많으니까 더 많이 안다고!" 앨리스는 이 말을 인정할 수 없었다. 진홍잉꼬가 몇 살인지 몰랐고 나이 밝히기를 단호하게 거부했기 때문에 둘은 더 이상 말하지 않았다.

마침내 그들 중 그나마 권위 있어 보이는 생쥐가 외쳤다. "모두 앉아서 내 말 좀 들어봐! 내가 곧 털이 마르도록 해줄게!" 그러자 즉시 큰 원 모양으로 모두 앉았고 가운데는 생쥐가 섰다. 앨리스는 초조하게 생쥐에게 시선을 고정하고 있었다. 빨리 몸을 말리지 않으면 심한 감기에 걸릴 것이라는 확신이 들었기 때문이다.

"에헴!" 생쥐가 거드름을 피우며 말문을 열었다. "모두 준비됐겠지? 이건 내가 아는 이야기 중 가장 무미건조한 이야기야.[8] 제발 모두 조용해 해봐! '정복왕 윌리엄은 교황의 지원 속에서 지도자를 원하던 영국인들을 쉽게 굴복시켰다. 당시 그들은 왕위 찬탈과 정복에 아주 익숙해져 있었다. 에드윈(Edwin)과 모르카(Morcar)는 머시아(Mercia) 왕국과 노섬브리아(Northumbria) 왕국의 백작인데…….'"

"윽!" 진홍잉꼬가 부르르 떨며 외쳤다.

"뭐라고!" 생쥐는 인상을 찌푸렸으나 아주 예의바르게 말했다. "네가 그랬어?"

"아니야!" 진홍잉꼬가 황급히 대답했다.

"네가 그런 것 같은데." 생쥐가 말했다. "그럼 계속하도록 하지. '머시아 왕국과 노섬브리아 왕국의 백작 에드윈과 모르카는 정복왕 윌리엄을 지지한다고 선언했고, 애국심 강한 캔터베리 대주교(Archbishop of Canterbury)[9] 스티건드(Stigand)도 그것이 바람직하다는 결론을 얻었다.'"

"뭘 얻었다고?" 오리가 물었다.

"그것이 바람직하다는 결론을 얻었다고. '그것'이 뭘 뜻하는지는 당연히 알 테지." 쥐가 약간 퉁명스럽게 대답했다.

"내가 얻은 거라면 '그것'이 무엇인지 아주 잘 알겠지. 난 주로 개구리나 벌레를 얻거든. 문제는 대주교가 무엇을 얻었느냐

8 '마른, 무미건조한'을 모두 뜻하는 'dry'를 이용한 말장난이다.

9 영국 성공회 최고위 성직자.

는 거야." 오리가 말했다.

생쥐는 이 질문을 듣지 못하고 서둘러 이야기를 계속했다. "'에드거 황태자(Edgar Atheling)와 함께 정복왕 윌리엄을 만나 그에게 왕위를 제안하는 것이 바람직하다는 결론을 얻었다. 초창기에 윌리엄의 통치는 온건했지만 그가 다스리는 노르만인의 오만함이…….' 이제 좀 어때?" 생쥐는 앨리스를 돌아보며 물었다.

"아직도 축축해. 네 이야기가 몸을 말리는 데 전혀 도움이 되지 않는 것 같아." 앨리스가 풀 죽은 목소리로 대답했다.

"그렇다면 더 효과적인 방안을 채택하기 위해 즉시 휴회를 요구합니다." 도도새가 일어서며 근엄하게 말했다.

"알아듣게 말해! 네 장황한 말은 반도 못 알아듣겠어. 게다가 너도 못 믿겠어!" 꼬마독수리는 이렇게 말하며 웃음을 감추려고 고개를 숙였다. 다른 새들 몇 마리가 다 들리게 킥킥거렸다.

그러자 도도새가 화난 투로 말했다. "그렇다면 내가 하고 싶은 말은, 몸을 말리는 가장 좋은 방법은 코커스 경주[10]야."

"코커스 경주가 뭐야?" 앨리스가 물었다. 그다지 알고 싶지는 않았지만 도도새가 누구라도 질문을 해야 한다고 생각하는

---

10 미국의 '당원대회'를 뜻하는 '코커스(caucus)'는 19세기 후반에 영국에서 널리 쓰인 말로, 원래 미국의 부패한 관행을 비난하는 사람들이 사용하던 말인데 정당을 관리하고 통제하는 조직적인 체계를 뜻하게 되었다.

듯이 말을 잠시 멈추었고 앨리스 말고는 아무도 말하고 싶어 하지 않는 것 같았다.

"음, 그건 직접 해봐야 가장 잘 알 수 있어." 도도새가 말했다. (어느 겨울날에 직접 해보고 싶어 하는 사람이 있을지도 모르니 도도새가 어떻게 했는지 알려주겠다.)

먼저 도도새는 원 비슷한 모양으로 경주 코스를 그렸다. (도도새는 "원을 똑바로 그리는 건 중요하지 않아"라고 했다.) 그런 다음 모두 그 코스 여기저기에 자리 잡고 섰다. '하나, 둘, 셋, 출발!' 같은 구호도 없이 각자 뛰고 싶을 때 뛰기 시작해서 그만 뛰고 싶을 때 멈추었기 때문에 경주가 언제 끝나는지 알 수 없었다.

하지만 30분쯤 달리고 나서 털이 제법 마르자 도도새가 갑자기 "경기 끝!"이라고 외쳤다. 그러자 모두 도도새를 둘러싸고 숨을 헐떡이며 물었다. "그런데 누가 우승한 거야?"

도도새는 이 질문에 대답하기 위해 아주 한참 동안 생각해야 했다. 도도새는 손가락 하나로 이마를 짚고 오랫동안 앉아 있었고 (초상화 속 셰익스피어에게서 자주 볼 수 있는 자세였다.) 그동안 나머지는 말없이 기다렸다.

마침내 도도새가 말했다. "모두 우승한 거야. 그러니 다들 상을 받아야 해."

"하지만 누가 상을 주는데?" 모두 일제히 외쳤다.

"누구긴, 당연히 저 애지." 도도새가 손가락으로 앨리스를 가리키며 대답했다. 그러자 다들 즉시 앨리스를 둘러싸고 서서 제각각 외쳤다. "상 줘! 상!"

앨리스는 어찌 할 줄 몰라 절망한 채 주머니에 손을 넣어 컴피트[11] 상자를 (다행히 소금물에 젖지 않았다) 하나 꺼냈고, 모여든 동물에게 상으로 나누어주었다. 컴피트는 정확히 한 개씩 돌아갔다.

"하지만 이 아이도 상을 받아야 하는데." 생쥐가 말했다.

"당연하지." 도도새가 매우 진지하게 말했다. "주머니에 또 뭐가 있어?" 도도새가 앨리스를 돌아보며 물었다.

"골무밖에 없는데." 앨리스가 애석하다는 듯이 대답했다.

"그걸 줘봐." 도도새가 말했다.

잠시 후 동물들은 다시 한번 앨리스를 둘러싸고 섰고, 도도새는 근엄하게 골무를 건네며 이렇게 말했다. "이 격조 높은 골무를 받아주기를 간청합니다." 도도새가 짧은 연설을 마치자 모두 환호했다.

앨리스는 이 모든 일이 어처구니없다고 생각했지만 다들 너무 진지해 보여서 감히 웃음을 터뜨릴 수 없었다. 달리 할 말도 생각나지 않아서 그냥 꾸벅 인사하고 최대한 진지한 표정으로

11 말린 과일이나 견과류에 설탕을 발라 만든 사탕.

골무를 받았다.

그다음으로 컴피트를 먹었다. 이 때문에 약간 소란스럽고 어수선했는데, 큰 새들은 컴피트가 작아서 맛이 느껴지지도 않는다고 불평했고 작은 새들은 컴피트가 목에 걸려 등을 두드려줘야 했기 때문이다.

그래도 결국에는 컴피트를 다 먹었고 모두 다시 원형으로 둘러앉아 생쥐에게 이야기를 더 해달라고 졸랐다.

"네 사연을 말해준다고 약속했잖아." 앨리스가 말했다. "'고'로 시작하는 거랑 '강'으로 시작하는 걸 왜 싫어하는지도 말이야." 앨리스는 생쥐를 다시 화나게 할까 봐 약간 걱정돼서 속삭이듯이 뒷말을 덧붙였다.

"내 이야기는 길고 슬퍼!" 생쥐는 앨리스를 돌아보며 이렇게 말하고 한숨지었다.

"네 꼬리는 길고말고." 앨리스가 의아한 표정으로 생쥐의 꼬리[12]를 내려다보며 말했다.

"그런데 슬프다니?" 앨리스가 계속 어리둥절해 있는 사이에 생쥐는 이야기를 시작했다. 그래서 앨리스에게는 생쥐가 하는 슬픈 이야기가 이렇게 들렸다.

12 생쥐는 'tale(이야기)'이라고 말했으나 앨리스는 같은 발음의 'tail(꼬리)'로 이해했다.

강아지 퓨리는 집에서
생쥐를 만나자 이렇게
말했어. "우리 둘 다
법정에 가자. 나는
널 고소할거야.
자, 거부해도
받아들이지
않을 테다.
우린 반드시
재판을 받아야 해.
오늘 아침에 난
정말 할 일이
없으니까."
그러자 생쥐는
망나니 같은
강아지에게
이렇게 말했지.
"선생님, 배심원도
판사도 없는
그런 재판은
아무 소용이
없습니다."
"그럼 판사도
배심원도
내가 하면
되지." 교활하고
늙은 개 퓨리가
말했어. "내가
소송을 전부
다 맡아서
너에게
사형을
선고할
거야."

"내 얘기 안 듣는구나!" 생쥐가 앨리스에게 매섭게 쏘아붙였다. "무슨 생각을 하는 거야?"

"미안해. 꼬리가 다섯 번 휘어졌던가?" 앨리스가 아주 겸손하게 말했다.

"아니거든!" 생쥐는 화가 머리끝까지 나서 날카롭게 소리 질렀다.

"휘어진 게 아니라 매듭[13]이 생겼구나!" 언제나 쓸모 있는 사람이 되고자 하는 앨리스는 걱정스러운 표정으로 주위를 둘러보며 말했다. "내가 매듭을 풀어줄게!"

"그런 짓은 안 할 거거든." 생쥐는 일어나서 걸음을 옮겼다. "그렇게 말도 안 되는 소리로 날 모욕하다니!"

"그런 뜻이 아니었어! 그런데 넌 너무 쉽게 화를 내!" 가여운 앨리스는 애원하듯 말했다.

생쥐는 대답 대신 낮게 으르르 소리를 냈다.

"제발 돌아와서 이야기 마저 해줘!" 앨리스가 생쥐의 뒤통수에 대고 외쳤다. 그러자 다른 동물들도 모두 입을 모아 외쳤다. "그래, 부탁이야!" 하지만 생쥐는 짜증난다는 듯이 고개를 저었고 발걸음이 더 빨라졌다.

"그냥 가버리다니 유감이군!" 생쥐의 모습이 사라지기가 무

13 생쥐는 'not(아니다)'이라고 말했으나 앨리스는 같은 발음의 'knot(매듭)'으로 이해했다.

섭게 진홍잉꼬가 탄식했다. 그러자 나이 많은 게가 이 기회를 틈타 딸에게 말했다. "얘야! 이 일을 통해 성질을 부리면 안 된다는 교훈을 얻었기를 바란다!" "엄마, 그만 하세요!" 젊은 게가 약간 퉁명스럽게 말했다. "굴[14]도 엄마가 한 얘기를 들었으면 화냈을 거예요!"

"다이너가 여기에 있으면 얼마나 좋을까!" 앨리스가 큰 소리로 말했다. 딱히 누가 들으라고 한 말은 아니었다. "다이너라면 생쥐를 다시 데려왔을 텐데!"

"그런데 다이너가 누구야? 이런 거 물어봐도 되나?" 진홍잉꼬가 말했다.

앨리스는 자기 애완동물에 대해 늘 이야기하고 싶어 했기 때문에 열심히 대답했다. "다이너는 우리 집 고양이야. 생쥐를 얼마나 잘 잡는지 넌 모를 거야! 아, 다이너가 새를 쫓는 걸 봤어야 하는데! 작은 새를 보자마자 집어삼켜 버리지!"

이 말은 모여 있던 동물들 사이에 상당한 파문을 일으켰다. 어떤 새들은 이 말을 듣자마자 황급히 달아났다. 나이 많은 까치 한 마리는 아주 조심스레 몸을 감싸며 말했다. "난 집에 가야겠어. 밤공기를 마시면 목이 아파서!" 그리고 카나리아는 떨리는 목소리로 새끼들을 불렀다. "얘들아, 가자! 모두 잘 시간

---

14 굴은 입을 열지 않고 그 자리에서 끈기 있게 진주를 만들어내기 때문에 인내심의 대명사로 통한다.

이야!" 동물들은 다양한 핑계를 대고 모두 떠나버렸고 앨리스는 곧 혼자 남았다.

"다이너 이야기를 하는 게 아니었는데!" 앨리스는 울적하게 중얼거렸다. "여기 지하에서는 아무도 다이너를 좋아하지 않는 것 같아. 세계 최고의 고양이인데! 아, 귀여운 다이너! 널 다시 볼 수 있을까!" 불쌍한 앨리스는 다시 울기 시작했다. 너무 외롭고 우울했다. 하지만 잠시 후 멀리에서 타닥타닥 발소리가 또 들렸다. 그러자 앨리스는 생쥐가 마음을 바꾸어 이야기를 마저 하려고 돌아오는 게 아닐까 은근히 바라며 고개를 쭉 빼고 바라보았다.

4
토끼가 꼬마 빌을 보내다

발소리의 주인공은 흰 토끼였다. 토끼는 천천히 타박타박 걸으며 길을 되짚어 오고 있었는데, 뭔가를 잃어버리기라도 한 듯이 걱정스러운 얼굴로 주위를 살폈다. 앨리스는 토끼가 중얼대는 소리를 들었다. "공작부인, 공작부인을 어쩌지! 오, 내 소중한 발! 내 털과 수염! 공작부인이 날 사형에 처할 거야! 페럿[15]이 페럿인 것만큼이나 분명해! 내가 그걸 어디에 떨어뜨렸지?" 그 순간 앨리스는 토끼가 부채와 흰 염소가죽 장갑 한 쌍을 찾고 있다는 생각이 들었고 착하게도 그것들을 찾아보았지만 아무 데서도 보이지 않았다. 웅덩이에서 헤엄친 뒤로 모든

15 족제빗과에서 유일하게 가축화한 동물로, 과거에는 토끼 사냥에 쓰였다.

것이 달라진 듯했다. 유리 탁자가 놓여 있고 작은 문이 나 있던 널찍한 복도는 완전히 사라져버렸다.

곧 토끼는 주변을 살피는 앨리스를 발견하고 화난 목소리로 외쳤다. "이런, 메리 앤, 여기서 뭘 하고 있는 게냐? 당장 집으로 달려가서 장갑과 부채를 가져오지 못할까! 어서!" 앨리스는 너무 놀란 나머지 토끼가 실수했다고 설명하지도 않고 그가 가리키는 방향으로 곧장 뛰어갔다.

"날 하녀로 착각했나 봐." 앨리스가 달려가면서 중얼거렸다. "내가 누구인지 알면 토끼가 얼마나 놀랄까! 하지만 부채와 장갑을 갖다 주는 게 좋겠어. 그러니까 내가 그걸 찾을 수 있다면 말이야." 이렇게 혼잣말하는 사이에 작고 말끔한 집에 도착했다. 대문에 붙어 있는 번쩍이는 동판에는 '흰 토끼네'라고 새겨져 있었다. 앨리스는 문을 두드리지도 않고 안으로 들어가 서둘러 위층으로 올라갔다. 진짜 메리 앤을 만나서 부채와 장갑을 찾기도 전에 집에서 쫓겨날까 봐 너무 걱정됐기 때문이다.

"정말 이상해 보일 거야." 앨리스가 혼잣말을 했다. "토끼 심부름을 하다니! 다음에는 다이너의 심부름을 할지도 몰라!" 앨리스는 다이너가 심부름을 시키면 어떨지 상상해보았다.

'앨리스 양! 당장 이리 와서 산책 준비해요!'

'곧 갈게요, 유모! 하지만 다이너가 돌아올 때까지 이 쥐구멍을 지키면서 생쥐가 빠져나오지 않는지 살펴봐야 해요.'

"하지만 내 생각에는……." 앨리스는 혼잣말을 이어갔다. "다이너가 그렇게 이래라저래라 하기 시작하면 사람들이 다이너를 집에 두지 않을 거야!"

앨리스는 어느새 잘 정돈된 작은 방에 들어섰다. 창가에는 탁자가 있고 그 위에는 (앨리스의 바람대로) 부채 한 개와 작고 하얀 염소가죽 장갑 세 쌍이 놓여 있었다. 앨리스가 부채와 장갑 한 쌍을 집어 들고 방을 나서려는 찰나 거울 옆에 놓인 작은 병이 눈에 띄었다. 이번에는 '나를 마셔요' 같은 라벨이 없었는데도 앨리스는 코르크 마개를 뽑고 병을 입에 갖다 댔다. 그리고 이렇게 중얼거렸다. "뭔가 재미있는 일이 벌어질 게 틀림없어. 내가 뭔가를 먹거나 마시면 매번 그랬으니까. 그러니 이 병에 든 건 어떤지 알아볼 거야. 내 몸이 다시 커지면 좋겠어. 이렇게 작은 몸으로 지내는 건 이제 진절머리가 나!"

실제로 앨리스의 몸이 커졌고 기대한 것보다 효과가 빨랐다. 병에 든 것을 반도 마시기 전에 머리가 천장에 닿는 바람에 목이 부러지지 않도록 몸을 굽혀야 했다. 앨리스는 황급히 병을 내려놓으며 말했다. "이 정도면 충분해. 더 커지면 안 되는데. 지금 상태로도 저 문을 빠져나갈 수 없어. 그렇게 많이 마시는 게 아니었는데!"

아아! 그렇게 바라기에는 너무 늦어버렸다! 앨리스는 계속 커졌고 곧 바닥에 무릎을 꿇어야 할 지경이 되었다. 잠시 후에

는 그래도 공간이 부족해서 한쪽 팔꿈치를 문에 대고 한쪽 팔로는 머리를 감싼 채 비스듬히 누웠다. 그래도 몸이 계속 커지자 앨리스는 최후의 수단으로 한쪽 팔을 창밖으로 내밀고 한쪽 발을 굴뚝에 밀어 넣고 중얼거렸다. "이제 뭐가 어떻게 되든 더 이상은 못 하겠어. 난 어떻게 되는 거지?"

다행히 작은 병이 부린 마법이 효력을 다했는지 앨리스는 더 이상 커지지 않았다. 하지만 자세가 매우 불편했고 방에서 나갈 가능성은 전혀 없어 보였기에 당연하게도 앨리스는 슬픔에 빠졌다.

'집에 있을 때가 훨씬 즐거웠어. 몸이 커지거나 작아지지도 않고 생쥐나 토끼가 이래라저래라 하지도 않잖아. 토끼 굴로 괜히 내려왔다는 생각이 들 정도야. 그래도…… 그래도…… 이건 참 신기한 일이야. 이렇게 사는 것 말이야! 앞으로는 또 무슨 일이 일어날지 궁금해! 동화책을 읽을 때는 그런 일이 절대 일어나지 않는다고 생각했는데 지금 내가 그 일을 겪고 있다니! 내가 겪은 일을 책으로 써야 해. 그래야 한다고! 내가 커서 써야겠다. 하지만 이미 난 큰걸.' 앨리스는 이렇게 생각하며 슬픔에 잠긴 목소리로 덧붙였다. "어쨌든 여기에는 더 커질 공간이 없어."

'그러면 난 지금보다 나이를 더 먹지 않는 걸까? 이건 위로가 되네. 노인이 되지 않을 테니까. 하지만 그럼 항상 뭔가를 배워야 하잖아! 아, 그건 싫은데!'

"앨리스 이 바보야!" 앨리스는 스스로 대답을 했다. "여기에서 어떻게 뭘 배우겠다는 거야? 네가 있을 공간도 부족하고 교과서 한 권 놓을 자리도 없는데!"

앨리스는 이렇게 한쪽 편을 들었다가 다른 쪽 편을 들어가며 대화하듯이 말을 이어갔다. 하지만 잠시 후에 밖에서 목소리가 들리자 말을 멈추고 귀를 기울였다.

"메리 앤! 메리 앤!" 목소리가 외쳤다. "당장 내 장갑을 가져와!" 곧이어 타닥타닥 계단 오르는 발소리가 들렸다. 앨리스는 토끼가 자신을 찾으러 왔다는 것을 알고서 지금 제 몸이 토끼

보다 천 배 정도는 더 크기 때문에 두려워할 이유가 없다는 사실도 잊은 채 집이 흔들릴 정도로 몸을 떨었다.

곧 토끼는 방문 앞에 와서 문을 열려고 했다. 하지만 안쪽으로 밀어야 열리는 문인데 앨리스가 팔꿈치로 문을 세게 누르고 있어서 열리지 않았다. 앨리스는 토끼가 중얼거리는 소리를 들었다. "돌아가서 창문으로 들어가야겠다."

'그렇게는 안 될걸!' 앨리스는 이렇게 생각하며 창문 바로 아래에서 토끼 목소리가 들릴 때까지 기다렸다가 손을 갑자기 펴서 허공을 잡아챘다. 앨리스의 손에는 아무것도 잡히지 않았지만 작은 비명과 떨어지는 소리, 그다음으로 유리 깨지는 소리가 들렸다. 앨리스는 그 소리를 듣고 토끼가 오이를 재배하는 유리 온실이나 그와 비슷한 곳에 떨어졌을지도 모른다고 생각하게 되었다.

뒤이어 토끼의 화난 목소리가 들렸다. "패트! 패트! 어디 있어?" 잠시 후 앨리스가 처음 듣는 목소리가 대답했다. "여기 있습니다! 사과[16]를 캐고 있습니다, 나리!"

"사과를 캔다고!" 토끼가 화난 목소리로 외쳤다. "여기야! 와서 날 여기에서 꺼내줘!" (유리 깨지는 소리가 또 들렸다.)

"말해 봐, 패트. 창문에 있는 저게 뭐지?"

---

16 패트는 아일랜드 억양을 사용하고 있는데, 빅토리아 시대에는 '아일랜드 사과(Irish apple)'가 '감자'를 칭하는 은어였다.

"저건 분명 팔입니다, 나리!" (패트는 '팔'을 '파아아알'이라고 발음했다.)

"팔? 바보 같으니라고! 저렇게 큰 팔 본 적 있어? 창문이 꽉 찼잖아!"

"네, 그러네요, 나리. 그렇기는 해도 저건 팔인걸요."

"음, 어쨌든 팔이 저 방에 볼일이 없을 테니 가서 치워버려!"

이 말을 끝으로 한동안 침묵이 흘렀고 앨리스에게는 이따금 속삭이는 소리만 들렸다. "그럼요, 저도 싫습니다. 나리, 정말 싫습니다!" "내 말대로 해, 겁쟁이야!" 결국 앨리스는 다시 손을 펴서 허공을 잡아챘다. 이번에는 둘의 비명이 들렸고 유리 깨지는 소리도 더 요란했다. '오이를 재배하는 유리 온실이 많은가 봐!' 앨리스는 생각했다. '저 둘이 다음에는 어떻게 할지 궁금하군! 날 창밖으로 끌어낼 생각이라면, 제발 그럴 수 있으면 좋겠어! 난 여기에 더는 있고 싶지 않아!'

잠시 아무 소리도 들리지 않았고 앨리스는 계속 기다렸다. 마침내 덜컹덜컹 수레 끌고 오는 소리와 여러 목소리가 이야기를 나누는 소리가 들렸다. 앨리스에게 들린 말은 다음과 같았다.

"다른 사다리는 어디에 있지?"

"음, 난 하나만 가져왔는데. 빌에게 하나 더 있어."

"빌! 사다리를 가져와!"

"여기 모퉁이에 놓아둬."

"아니, 먼저 두 개를 묶어야지."

"아직 반도 못 올라갔잖아."

"아! 그 정도면 된 것 같은데. 까다롭게 굴지 마."

"빌, 여기야! 이 밧줄 좀 잡아."

"지붕이 버틸까?"

"슬레이트가 헐거운 부분이 있으니 조심해."

"앗! 떨어진다! 밑에 머리 조심!" (와장창 소리가 요란하게 났다.)

"누가 그랬어?"

"빌이겠지."

"누구 굴뚝으로 내려갈 사람?"

"아니, 난 안 돼! 네가 가!"

"아니, 나도 안 할 거야!"

"빌이 가야겠네."

"빌! 나리께서 너보고 굴뚝으로 내려가라 하셨어!"

"아, 그럼 빌이 굴뚝으로 내려오는 건가?" 앨리스가 중얼거렸다. "그런데 전부 다 빌에게 떠넘기는 것 같아! 나라면 뭘 어떻게 해준대도 안 할 거야. 그런데 이 벽난로는 분명 좁지만 발로 살짝 찰 수는 있을 것 같은데."

앨리스는 발을 최대한 뻗어서 굴뚝 아래쪽에 댄 다음 (무슨

동물인지는 몰라도) 작은 동물이 굴뚝을 긁으며 기어 내려오는 소리가 위쪽 가까이에서 들릴 때까지 기다렸다. 잠시 후 앨리스가 중얼거렸다. "빌이 오나 보다." 앨리스는 굴뚝 아래를 발로 세게 찬 다음 무슨 일이 벌어질지 기다렸다.

맨 처음 들린 소리는 다들 입을 모아 "저기 빌이 날아가!"라고 외치는 소리였다. 그다음으로 토끼 목소리만 들렸다. "잡아! 거기 울타리 옆에 있는 너희들!" 그다음은 아무 소리도 들리지 않더니 잠시 후 혼란스럽게 웅성대는 소리가 들렸다. "머리를 잡아. 이제 브랜디 먹여. 숨 막히게 하지 말고. 이봐, 좀 괜찮아? 무슨 일이 일어난 거야? 전부 다 말해봐!"

마지막으로 힘없이 끽끽대는 목소리가 들렸다. (앨리스는 '빌이군'이라고 생각했다.) "음, 나도 모르겠어. 더 안 마셔도 돼. 고마워. 이제 좀 나아졌어. 하지만 너무 정신이 없어서 말을 못 하겠어. 장난감 상자에서 용수철 인형이 튀어나오듯이 뭔가 나를 향해 확 튀어 올랐고 내가 불꽃놀이 폭죽처럼 치솟았다는 것밖에 모르겠어!"

"정말 그랬지!" 나머지 동물들이 말했다.

"저 집을 불태워야겠다!" 토끼가 말했다. 이 말에 앨리스는 힘껏 소리 질렀다. "그랬다가는 너희에게 다이너를 풀어놓을 거야!"

순식간에 쥐 죽은 듯이 조용해지자 앨리스는 이렇게 생각했다. '이제는 저들이 뭘 할지 궁금하네! 생각이라는 게 있다면 지붕을 뜯어내겠지.' 1~2분 지났을까 토끼 일당이 다시 움직이기 시작했고 토끼 목소리가 들렸다. "우선 손수레 한 대를 가득 채우면 급한 대로 괜찮을 거야."

'뭘 채운다는 거지?' 앨리스는 이런 생각이 들었지만 의심은 오래가지 않았다. 곧 창문을 향해 조약돌이 비 오듯이 쏟아져 덜컹덜컹 소리가 났고 그중 일부는 앨리스의 얼굴을 때리기도 했기 때문이다. "이걸 멈춰야겠어." 앨리스는 이렇게 중얼거린 다음 밖을 향해 소리쳤다. "그만 하는 게 좋을 텐데!" 그러자 다시 한번 쥐 죽은 듯이 조용해졌다.

앨리스는 조약돌이 모두 바닥에 떨어지면서 작은 케이크로 변한 것을 보고 놀랐고, 번득이는 아이디어가 떠올랐다. '이 케이크를 먹으면 분명 내 몸의 크기가 달라질 거야. 지금보다 더 커질 수는 없으니 작아지겠지.'

그래서 앨리스는 케이크를 하나 삼켰고 이내 몸이 작아지기 시작하는 것을 깨닫자 기뻤다. 문으로 나갈 수 있을 만큼 작아지자 앨리스는 집 밖으로 뛰쳐나갔고 밖에서 기다리던 작은 동물들 무리와 마주쳤다. 불쌍한 꼬마 도마뱀 빌은 가운데에서 기니피그 두 마리의 부축을 받고 있었는데, 기니피그는 병에 든 무언가를 빌에게 먹이고 있었다. 앨리스가 나타나자 모두 앨리스를 향해 달려왔다. 하지만 앨리스는 힘껏 달아났고 곧

울창한 숲에 안전하게 숨었다.

앨리스는 숲 속을 서성이며 중얼거렸다. "맨 먼저 해야 할 일은, 다시 원래 크기로 커지는 거야. 그다음에는 아름다운 정원으로 가는 길을 찾아야 해. 이게 가장 좋은 계획 같아."

더할 나위 없이 좋은 계획이 틀림없었고 아주 깔끔하고 간단하게 할 수 있을 것 같았다. 딱 하나 어려운 점이라면 그 계획을 어떻게 실행해야 할지 앨리스가 도무지 모른다는 것이었다. 나무 사이에 숨어서 초조하게 밖을 살피던 앨리스는 바로 머리 위에서 귀청을 찢을 듯이 짖는 소리가 들려 황급히 위를 보았다.

거대한 강아지가 동그랗고 큰 눈으로 앨리스를 내려다보며 앞발을 슬쩍 내밀어 앨리스를 건드리려고 했다. "가여운 녀석!" 앨리스는 달래는 투로 말하고 휘파람을 불어보려 애썼다. 하지만 그러는 내내 강아지가 배가 고프면 어쩌나 너무 무서웠다. 그렇다면 앨리스가 아무리 달래도 강아지는 앨리스를 먹어 치울 것이다.

앨리스는 자기가 무슨 짓을 하는지도 모른 채 작은 나뭇가지를 집어 들어 강아지에게 내밀었다. 그러자 강아지는 기쁜 듯이 컹컹 짖으며 펄쩍 뛰어오르더니 나뭇가지를 물어뜯을 듯이 돌진했다. 그러자 앨리스는 강아지와 부딪치지 않으려고 큰 엉겅퀴 뒤로 재빨리 몸을 피했다. 잠시 후 앨리스가 다른 쪽에서 나타나자 강아지는 나뭇가지를 향해 다시 돌진했고 너무 급하게 물려고 달려드는 바람에 넘어져 뒹굴었다. 앨리스는 마차 끄는 말과 노는 것과 아주 비슷하다는 생각이 들었고, 강아지에게 밟힐 것 같으면 언제라도 다시 엉겅퀴 뒤로 숨었다. 강아지는 잠깐씩 나뭇가지를 향해 달려들 때마다 앞으로 살짝 뛰어나왔다가 뒤로 한참 물러나기를 반복했고, 그러는 내내 요란하게 짖어댔다. 그러다가 결국 멀찍이 주저 앉아 혀를 빼물고 큰 눈을 반쯤 감은 채 숨을 헐떡였다.

앨리스가 도망치기에 아주 좋은 기회 같았다. 그래서 앨리스는 즉시 자리를 떴고 지치고 숨이 찰 때까지, 강아지 짖는 소리가 멀리에서 희미하게 들릴 때까지 달렸다.

"그래도 정말 귀여운 강아지였어!" 앨리스가 미나리아재비에 기대면서 말했다. 미나리아재비 잎으로 부채질도 했다. "강아지에게 묘기를 가르쳐주면 정말 좋을 텐데. 내가 원래 크기이기만 하다면 말이야! 아, 이런! 몸이 다시 커져야 한다는 걸 깜빡했어! 어디 보자. 어떻게 해야 하지? 뭐라도 먹거나 마셔야 하는데. 하지만 중요한 문제는 무엇을 먹거나 마셔야 하느냐는 거야."

정말 중요한 문제였다. 무엇을 먹거나 마신단 말인가? 앨리스는 주위의 꽃과 풀잎 을 살펴보았지만 이런 상황에서 먹거나 마시기에 적당해 보이는 건 아무것도 눈에 띄지 않았다. 가까운 곳에 키가 앨리스와 비슷한 큰 버섯이 자라고 있었다. 버섯 아래의 양쪽 면과 뒤를 살펴보고 있자니 위에도 뭐가 있는지 보는 게 좋겠다는 생각이 들었다.

앨리스는 까치발을 하고 버섯 가장자리 너머 위를 엿보았고 꼭대기에 앉아 있는 커다랗고 파란 애벌레와 곧바로 눈이 마주쳤다. 애벌레는 팔짱을 끼고 긴 물담뱃대로 조용히 담배를 피우고 있었는데 앨리스는 물론이고 그 무엇도 전혀 신경 쓰지 않았다.

애벌레의 충고
5
Alice's Adventures in Wonderland

애벌레와 앨리스는 한동안 말없이 서로 바라보았다. 마침내 애벌레가 물담뱃대를 입에서 빼더니 나른하고 졸린 목소리로 앨리스에게 말을 걸었다.

“넌 누구니?” 애벌레가 물었다.

대화를 나누고 싶어지는 첫 마디는 아니었다. 앨리스는 약간 수줍어하며 대답했다. “저…… 지금으로서는 저도 잘 모르겠어요, 선생님. 오늘 아침에 일어났을 때만 해도 제가 누구인지 알았는데 그 뒤로 몇 번이나 변한 게 틀림없거든요.”

“그게 무슨 말이지?” 애벌레가 단호하게 물었다. “네가 누구인지 설명해봐!”

“선생님, 안타깝게도 제가 누구인지 설명할 수 없어요. 저는

제가 아니라서요." 앨리스가 말했다.

"무슨 소린지 모르겠네." 애벌레가 말했다.

"더 분명하게 설명할 수는 없을 것 같아요." 앨리스가 아주 예의바르게 대답했다. "우선 저부터도 이해할 수 없어서요. 하루에도 몇 번씩 크기가 달라지니 너무 혼란스러워요."

"혼란스러울 것 없어." 애벌레가 말했다.

"음, 아직 모르시는 모양이에요. 하지만 선생님은 언젠가 번데기로 변해야 할 테죠. 그다음에는 나비로 변할 테고요. 그럼 분명 이상한 느낌이 들지 않을까요?" 앨리스가 말했다.

"전혀." 애벌레가 대답했다.

"선생님의 느낌은 저와 다를 수도 있겠군요. 제가 드릴 수 있는 말씀은 저라면 그때 느낌이 정말 이상할 것이라는 거예요." 앨리스가 말했다.

"너!" 애벌레는 무시하는 투로 말했다. "넌 누구야?"

이 말 때문에 대화는 다시 처음으로 돌아갔다. 앨리스는 애벌레가 너무 짧게 말해서 약간 짜증이 났다. 그래서 몸을 꼿꼿하게 세우고 매우 진지하게 말했다. "선생님이 누구인지부터 말해야 한다고 생각하는데요."

"왜?" 애벌레가 물었다.

그리하여 골치 아픈 문제가 또 생겼다. 앨리스는 적당한 이유가 떠오르지 않았고 애벌레의 기분이 정말 안 좋아 보였기 때문에 돌아서서 걸음을 옮겼다.

"돌아와!" 애벌레가 앨리스의 뒤통수에 대고 외쳤다. "중요하게 할 말이 있단 말이야!"

분명 기대해도 좋을 듯한 말이어서 앨리스는 뒤돌아서 걸어갔다.

"성질 좀 죽여." 애벌레가 말했다.

"고작 그 말이에요?" 앨리스는 화를 최대한 삼키며 물었다.

"그건 아니야." 애벌레가 대답했다.

앨리스는 달리 할 일이 없었기 때문에 기다리는 편이 낫겠다고 생각했다. 결국 애벌레가 들을 만한 이야기를 해줄지도 모른다. 애벌레는 얼마간 말없이 담배만 피워댔으나 마침내 팔짱을 풀더니 물담뱃대를 다시 입에서 빼고 말했다. "그러니까, 네가 변했다고 생각한다는 거지?"

"그런 것 같아요, 선생님. 전에 알던 것들이 기억나지 않아요. 그리고 10분마다 몸의 크기가 달라져요!"

"뭐가 기억나지 않는다는 거지?" 애벌레가 물었다.

"음, 〈바쁜 꼬마 꿀벌〉을 외워보려 했는데 전혀 다른 말이 나왔어요!" 앨리스가 아주 의기소침한 목소리로 대답했다.

"그럼 〈아버지 윌리엄이여, 당신은 노인입니다〉를 외워봐." 애벌레가 말했다.

앨리스는 두 손을 맞잡고 시작했다.

"아버지 윌리엄이여, 당신은 노인입니다."
젊은이가 말했네.
"머리카락이 다 세었는데도
끊임없이 물구나무서기를 하고 계시는군요.
아버지 연세에 그래도 된다고 생각하시는지요?"

"내가 젊었을 때는 말이다."
아버지 윌리엄이 아들에게 답했네.
"물구나무서기 때문에 뇌가 다칠까 봐 겁났단다.
하지만 이제 나에게 뇌가 없는 게 확실하니
계속 이렇게 물구나무서기를 하는 것이란다."

"아버지는 노인이세요." 젊은 아들이 말했다.
"전에도 말씀 드렸잖아요.
게다가 너무 살이 찌셨죠.
그런데도 문간에서 뒤로 재주넘기를 하시다니요.
도대체 왜 그러시는 거예요?"

"내가 젊었을 때는 말이다."
현명한 아버지가
백발을 흔들며 대답했네.
"팔다리를 아주 유연하게 유지했어.
이 연고를 바른 덕분이지. 한 상자에 1실링인데,
네게 두 상자 팔아도 되겠니?"

"아버지는 노인이세요." 젊은 아들이 말했네.
"턱이 너무 약해져서 수이트[17]보다 딱딱한 건 못 드세요.

---

17 소나 양의 콩팥을 감싼 지방.

그런데도 거위를 뼈와 부리까지 드시다니요.
어떻게 그러신 거죠?"

"내가 젊었을 때는 말이다." 아버지가 말했네.
"법정에 가서 매번 아내와 말싸움을 했단다.
그래서 턱 근육이 튼튼해졌고
평생 그리 지낼 수 있었지."

"아버지는 노인이세요." 젊은 아들이 말했네.
"아무도 짐작하지 못하겠죠.
아버지 눈이 한결같이 좋다는 걸요.

지금도 아버지는 코끝에 뱀장어를 얹고
균형을 잡으시는군요.
어쩜 이렇게 재주가 좋으세요?"

"세 가지 질문에 답했으니 그걸로 충분해."
아버지가 말했다. "거드름 피우지 말거라!
내가 이런 이야기를 하루 종일 들을 수 있다고 생각하느냐?
썩 꺼지렴. 안 그랬다가는 아래층으로 차버릴 테니!"[18]

---

18 이 시는 당시 어린이들에게 널리 알려진 로버트 사우디(Robert Southey)의 〈노인의 안락함과 그것을 얻은 방법(Old Man's Comforts and How He Gained Them)〉을 패러디한 것이다.

"틀렸는데." 애벌레가 말했다.

"많이 틀리지는 않은 것 같은데요." 앨리스가 쭈뼛쭈뼛 말했다. "단어 몇 개가 달라졌을 뿐이에요."

"처음부터 끝까지 틀렸어." 애벌레가 단호하게 말하자 잠시 침묵이 흘렀다.

애벌레가 먼저 입을 열었다.

"어느 정도 크기가 되고 싶은데?"

"크기를 까다롭게 따지는 건 아니에요." 앨리스가 다급하게 대답했다. "아시겠지만 크기가 너무 자주 달라지는 게 싫은 것 뿐이에요."

"난 모르겠는데." 애벌레가 말했다.

앨리스는 아무 말도 하지 않았다. 이렇게 반대 의견을 많이 들은 적이 난생처음이라 슬슬 화가 났다.

"지금은 만족해?" 애벌레가 물었다.

"음, 괜찮다면 조금 더 커지면 좋겠어요. 키가 8센티미터인 건 너무 끔찍해요."

"딱 좋은 키인데!" 애벌레는 화난 목소리로 말하며 몸을 꼿꼿하게 세웠다. (애벌레의 키는 정확히 8센티미터였다.)

"하지만 저는 이 키가 어색해요!" 가여운 앨리스는 애처로운 말투로 애원했다. 그러면서 속으로는 이렇게 생각했다. '저 애벌레는 왜 이렇게 화를 잘 내는 거야!'

"얼마 후에는 익숙해질 거야." 애벌레는 이렇게 말하더니 다시 물담뱃대를 물고 담배를 피우기 시작했다.

이번에도 앨리스는 애벌레가 다시 말을 꺼낼 때까지 참을성 있게 기다렸다. 1~2분 지나자 애벌레는 물담뱃대를 빼고 한두 번 하품을 하며 몸을 부르르 떨었다. 그러더니 버섯에서 내려와 풀밭으로 기어가며 이렇게 말할 뿐이었다. "한쪽을 먹으면 키가 커지고 다른 한쪽을 먹으면 키가 작아져."

'무엇의 한쪽이라는 거야? 무엇의 다른 한쪽이라는 거야?' 앨리스는 생각했다.

"버섯 말이야." 앨리스의 생각을 듣기라도 한 듯이 애벌레가 말했다. 그리고 애벌레는 홀연 사라졌다.

앨리스는 남아서 버섯을 잠시 골똘히 바라보며 애벌레가 말한 양쪽이 어디인지 알아내려 애썼다. 버섯은 완전한 원형이어서 아주 어려운 문제였다. 하지만 고민 끝에 앨리스는 두 팔을 최대한 뻗어 버섯을 끌어안고 양손 끝에 닿는 부분을 조금씩 뜯어냈다.

"뭐가 뭐지?" 앨리스는 이렇게 중얼거리고 나서 효력을 확인하려고 오른손으로 뜯은 부분을 조금 먹었다. 그다음 순간, 앨리스는 아래턱을 세게 얻어맞은 느낌이 들었다. 턱이 발을 찍은 것이다!

앨리스는 이런 갑작스런 변화에 깜짝 놀랐지만 몸이 빠른 속도로 작아지고 있었기 때문에 허비할 시간이 없다고 생각했다. 그래서 곧바로 왼손에 든 버섯을 조금 먹었다. 턱이 발에 너무 딱 붙어서 입을 벌릴 공간이 거의 없었다. 하지만 앨리스는 결국 입을 벌렸고 왼손에 든 버섯 조각을 가까스로 조금 삼킬 수 있었다.

♣ ♥ ♠ ◆

"이것 봐, 드디어 머리를 마음대로 움직일 수 있어!" 앨리스가 기쁨에 차 외쳤지만 어깨가 보이지 않는다는 것을 알게 되자 곧 두려움 가득한 목소리로 변했다. 아래를 보니 엄청나게 긴 목뿐이었다. 목은 한참 아래쪽에 바다처럼 펼쳐진 초록 잎을 뚫고 줄기처럼 솟아올라 있었다.

"저 초록색들은 뭘까? 내 어깨는 어디 갔지? 아, 불쌍한 내 양손은 왜 안 보이는 거지?" 앨리스는 말하면서 손을 움직여보았지만 저 아래 초록 나뭇잎들이 조금 흔들릴 뿐 손은 보이지 않았다.

손을 머리 높이까지 올리기는 도저히 불가능해 보였기 때문에 앨리스는 손이 있는 쪽으로 머리를 숙여보려 했는데, 다행히 목은 뱀처럼 어느 방향으로든 쉽게 구부러졌다. 앨리스는 목을 지그재그로 우아하게 구부리는 데 성공하여 나뭇잎 사이로 집어넣었고, 초록색이 나무 위쪽에 난 나뭇잎일 뿐이라는 것을 알게 되었다. 나뭇잎 아래를 헤매고 있을 때 날카롭게 쉭 하는 소리가 들리는 바람에 재빨리 고개를 들었다. 큰 비둘기가 얼굴로 달려들더니 날개로 마구 때렸다.

"뱀이다!" 비둘기가 괴성을 질렀다.

"난 뱀이 아니야! 날 내버려둬!" 앨리스가 화를 내며 외쳤다.

"뱀이다! 뱀이다!" 비둘기는 또다시 이렇게 외쳤지만 아까보다 진정된 목소리였고 흐느끼듯이 덧붙였다. "별짓을 다 해보았지만 아무것도 놈들에게 먹히지 않는 것 같아!"

"네가 무슨 말을 하는지 전혀 모르겠어." 앨리스가 말했다.

"나무뿌리도 시도해보았고 둑도 시도해보았고 울타리도 시도해보았어." 비둘기는 앨리스에게 신경 쓰지 않고 말을 이었다. "하지만 그놈의 뱀! 뱀의 비위를 맞출 수는 없었어!"

앨리스는 점점 더 어리둥절해졌지만 비둘기가 말을 끝낼 때까지는 무슨 말을 해도 소용없을 것 같았다.

"알을 부화하는 게 별거 아닌 일처럼 보일지 모르지만, 밤낮으로 뱀까지 감시해야 한다고! 3주 동안 한숨도 못 잤어!" 비둘기가 말했다.

"성가시게 해서 정말 미안해." 비둘기의 말을 차츰 이해하게 된 앨리스가 말했다.

"그런데 숲에서 가장 높은 나무를 차지하기가 무섭게." 비둘기가 앙칼지게 언성을 높이며 말했다. "드디어 뱀들에게서 벗어났다고 생각하기가 무섭게 하늘에서 뱀이 꿈틀거리며 내려온 거야! 윽, 뱀이라니!"

"하지만 난 뱀이 아니라고 했잖아!" 앨리스가 외쳤다. "난…… 난……."

"좋아! 그럼 넌 뭐지?" 비둘기가 물었다. "뭐라도 지어내려고 하는 게 보이는데!"

"난…… 난 어린 여자애야." 앨리스는 하루 동안 겪은 여러 가지 변화가 떠올라서 약간 애매하게 대답했다.

"정말 그럴듯한 이야기야!" 비둘기는 경멸에 가득 찬 목소리였다. "지금껏 살면서 어린 여자애들을 아주 많이 보았는데 목이 이런 아이는 한 명도 못 봤어! 못 봤고말고! 넌 뱀이야. 네가 아니라고 해도 소용없어. 이젠 새 알을 먹어본 적도 없다고 말할 테지!"

"당연히 새 알은 먹어봤지." 앨리스가 말했다. 앨리스는 아주 솔직한 아이였다. "하지만 어린 여자애들도 뱀만큼이나 새 알을 많이 먹어."

"그 말 못 믿겠어. 하지만 여자애들이 그런 짓을 한다면 걔네들도 뱀과 같아. 내가 할 수 있는 말은 이것뿐이야." 비둘기가 말했다.

이는 새롭고 낯선 생각이라서 앨리스는 한동안 말이 없었고,

비둘기는 이 틈을 타 말을 계속했다. "넌 알을 찾고 있어. 난 그걸 아주 잘 알고 있지. 그러니 네가 여자아이든 뱀이든 내게 중요할까?"

"나에게는 아주 중요해." 앨리스가 다급하게 말했다. "게다가 공교롭게 그렇게 보였을 뿐 난 지금 알을 찾고 있는 게 아니야. 찾고 있었다고 해도 네 알은 싫어. 난 날것으로 먹는 건 싫어하거든."

"그럼 썩 꺼져!" 비둘기는 둥지에 자리 잡으며 골이 난 목소리로 말했다. 앨리스는 나무 사이에 몸을 최대한 쭈그리고 앉았다. 목에 나뭇가지가 감기는 바람에 가끔씩 멈춰 서서 엉켜 붙은 가지를 풀어야 했기 때문이다. 잠시 후 앨리스는 아직 버섯 조각을 들고 있다는 것이 떠올랐고, 아주 조심스럽게 양손에 든 버섯을 번갈아 조금씩 떼어 먹었다. 그러자 키가 커졌다 작아졌다를 반복했고 원래 키로 돌아가는 데 성공했다.

평소와 비슷한 크기가 된 것이 너무 오랜만이라 처음에는 무척 낯설었다. 하지만 앨리스는 금세 익숙해졌고 늘 그러듯 혼잣말을 시작했다. "자, 이제 내 계획의 절반은 완료했어! 그동안 여러 번 달라져서 너무 혼란스러웠어! 잠시 후에 내가 어떻게 될지 몰랐으니 말이야! 하지만 원래 크기로 돌아왔으니 이제 그 아름다운 정원에 가는 거야. 그런데 그곳에 어떻게 가야 하지?" 앨리스가 이렇게 말하는 사이에 탁 트인 공간이 느닷없이 나타났고, 그곳에는 높이 1미터가 조금 넘어 보이는 작은 집이 있었다. '저기 누가 사는지는 몰라도 지금 이 크기로 가면 안 될 거야. 집에 사는 사람들이 혼비백산할 테니까!' 앨리스는 오른손에 든 버섯을 조금 떼어 먹기 시작했고 키가 20센티미터 정도까지 작아지고 나서야 집으로 향했다.

6
돼지와 후추

앨리스는 잠시 집을 바라보며 서서 뭘 어떻게 해야 할지 생각하고 있었다. 그때 제복을 입은 하인이 갑자기 숲에서 뛰어나오더니 (앨리스는 그가 제복을 입고 있어서 하인이라고 생각했다. 제복이 아니라 얼굴만 보고 판단했다면 물고기라고 생각했을 것이다.) 주먹으로 문을 요란하게 두드렸다. 그러자 제복을 입은 또 다른 하인이 문을 열었는데, 개구리처럼 큰 눈에 얼굴이 둥글었다. 앨리스는 두 하인 모두 분을 뿌려 곱슬곱슬하게 말아 올린 가발을 쓰고 있다는 것을 알아차렸다. 앨리스는 무슨 일인지 너무 궁금한 나머지 숲에서 조금 기어 나가 귀를 기울였다.

물고기 하인이 자기 몸만큼이나 큰 편지를 팔 밑에서 꺼내 다른 하인에게 건네며 근엄하게 말했다. "공작부인께 드리는

편지입니다. 왕비님께서 보내신 크로케 경기 초대장입니다."
개구리 하인도 똑같이 근엄하게 말했는데 물고기 하인이 한 말에서 단어 순서만 조금 바꾸었을 뿐이었다. "왕비님께서 공작부인께 보내신 크로케 경기 초대장이군요."

그러고 나서 두 하인이 서로 허리 숙여 인사하자 곱슬곱슬한 머리카락이 뒤엉켰다.

앨리스는 이 광경을 보고 너무 심하게 웃어서 두 하인이 웃음소리를 들었을까 봐 숲으로 다시 뛰어갔다. 숲에서 내다보니 물고기 하인은 사라지고 없었고 개구리 하인은 문 근처 바닥에 주저앉아 멍하니 하늘을 올려다보고 있었다.

앨리스는 쭈뼛쭈뼛 다가가 문을 두드렸다.

"문 두드려봤자 소용없어." 하인이 말했다. "이유는 두 가지야. 첫째, 나도 너처럼 문 밖에 있기 때문이지. 둘째, 집안이 너무 시끄러워서 문 두드리는 소리를 아무도 못 들을 거야." 안에서는 정말 별나게 시끄러운 소리가 났다. 야단스럽게 울부짖는 소리와 재채기하는 소리가 계속 들렸고 이따금 그릇이나 주전자가 산산조각나기라도 한 듯이 와장창 부서지는 소리가 들렸다.

"그럼 실례지만, 어떻게 하면 안으로 들어갈 수 있을까요?" 앨리스가 물었다.

"문을 두드리는 것도 나름대로 괜찮은 방법일 수 있어." 하인은 앨리스를 신경 쓰지 않은 채 말을 계속했다. "우리가 문을 사이에 두고 있다면 말이야. 이를테면 네가 문 안쪽에서 문을 두드리면 내가 내보내줄 수 있겠지." 개구리 하인은 말하는 내내 하늘을 보고 있었는데 앨리스는 이런 태도가 정말 예의에 어긋난다고 생각했다. "하지만 자기도 어쩔 수 없겠지." 앨리스는 혼잣말을 중얼거렸다. "눈이 머리 꼭대기에 너무 가까이 붙었으니까. 하지만 어쨌든 내 질문에 대답해줄지도 몰라. 어떻게 하면 안으로 들어갈 수 있을까요?" 앨리스는 다시 큰 소리로 물었다.

"난 여기 앉아 있을 거야. 내일까지……." 하인이 대답했다.

이때 문이 열리더니 큰 접시가 하인의 머리를 향해 곧장 날아왔다. 접시는 하인의 코를 스쳐 지나가 뒤쪽 나무에 부딪혀 산산조각 났다.

"아니면 모레까지일 수도." 하인은 아무 일도 일어나지 않았다는 듯이 한결같은 목소리로 말했다.

"어떻게 하면 저 안에 들어갈 수 있냐고요?" 앨리스는 더 큰 목소리로 다시 물었다.

"정말 들어가겠다는 거야?" 하인이 물었다. "그럼 들어가도 되는지를 먼저 물어야지."

분명 맞는 말이지만 앨리스는 그런 말을 듣기 싫었다. "정말 지긋지긋해." 앨리스가 중얼거렸다. "여기에서 만난 모든 동물들이 입씨름하는 방식 말이야. 사람을 미치게 만든다고!"

하인은 자기 말에 약간 변화를 주어 되풀이하기에 지금이 좋은 기회라고 생각한 모양이었다. "난 여기 앉아 있을 거야. 몇 날 며칠 동안 이따금씩."

"그럼 저는 뭘 해야 하죠?" 앨리스가 물었다.

"하고 싶은 대로 해." 하인은 이렇게 말하더니 휘파람을 불기 시작했다.

"아, 이 하인과 얘기해봤자 아무 소용없겠어. 정말 바보 같아!" 앨리스는 절망적으로 말하고는 문을 열고 안으로 들어갔다.

오른쪽으로 넓은 부엌이 있었는데 온통 연기가 가득했다. 공작부인은 부엌 가운데에 다리 셋 달린 등받이 없는 의자에 앉아 아기를 돌보고 있었다. 요리사는 화덕 위로 몸을 숙여 수프가 가득해 보이는 큰 가마솥을 휘젓고 있었다.

"저 수프에 후추를 너무 많이 넣은 게 틀림없어!" 앨리스는 재채기를 하느라 겨우 중얼거렸다.

후춧가루가 너무 많이 떠다니는 게 확실했다. 공작부인도 이따금 재채기를 했다. 아기는 잠시도 쉬지 않고 재채기와 울기를 번갈아 했다. 부엌에서 재채기를 하지 않는 이들은 요리사와 난롯가에 앉아서 입이 귀에 걸리게 웃고 있는 덩치 큰 고양이뿐이었다.

"실례합니다만." 앨리스는 먼저 말을 거는 것이 예법에 맞는지 확신이 들지 않아서 약간 겁먹은 채 말했다. "왜 저 고양이는 저렇게 씩 웃고 있나요?"

"체셔 고양이야. 그게 이유지. 이 돼지야!" 공작부인이 대답

했다.

공작부인의 마지막 말이 너무 거칠어서 앨리스는 깜짝 놀랐다. 하지만 잠시 후 자신이 아니라 아기에게 한 말임을 알고서 용기를 내어 말을 계속했다.

"체셔 고양이가 언제나 저렇게 씩 웃고 있는지 몰랐어요. 사실 고양이가 씩 웃을 수 있다는 것도 몰랐고요."

"고양이라면 모두 저렇게 웃을 수 있지. 대부분 그렇게 하고." 공작부인이 말했다.

"저는 저렇게 웃는 고양이를 하나도 몰라요." 앨리스는 대화를 시작하게 되어 무척 기뻐하며 아주 공손하게 말했다.

"넌 아는 게 별로 없구나. 그건 틀림없는 사실이야." 공작부인이 말했다.

앨리스는 이 말을 하는 공작부인의 말투가 전혀 마음에 들지 않았기에 다른 주제로 대화를 나누는 편이 나을 것 같았다. 앨리스가 대화 주제를 고르는 사이에 요리사는 수프가 든 가마솥을 화덕에서 내리더니 곧바로 공작부인과 아기를 향해 손에 잡히는 것을 모조리 던지기 시작했다. 난로를 관리하는 철제 용품들이 가장 먼저 날아왔고 그다음으로 냄비, 접시, 그릇이 빗발쳤다. 공작부인은 이 물건에 맞았는데도 꿈쩍도 하지 않았고 아기는 아까부터 세차게 울어대고 있어서 맞아서 아픈지 아닌지 분간할 수 없었다.

"이런, 부탁인데 조심하세요!" 앨리스는 극심한 두려움에 사로잡혀 이리저리 피해 다니며 외쳤다. "아기의 귀여운 코에 맞을 뻔했잖아요!" 유독 큰 냄비가 아기의 코를 떼어버릴 정도로 가까이 날아와 스치자 앨리스는 이렇게 외쳤다.

"모두 쓸데없이 참견하지 않으면 말이야, 세상은 지금보다 훨씬 빨리 돌아갈 거야." 공작부인이 걸걸한 목소리로 투덜거렸다.

"그게 좋지는 않을 것 같은데요." 앨리스가 말했다. 지식을 조금이나마 뽐낼 기회가 생겨서 매우 기뻤다. "낮과 밤이 어찌 될지 생각해보세요! 지구가 축을 중심으로 한 바퀴 도는 데 24시간이 걸리는데……."

"도끼[19] 얘기가 나왔으니 말인데. 저 애의 목을 도끼로 잘라 버려!" 공작부인이 말했다.

앨리스는 요리사가 이 말을 알아들었는지 살펴보려고 걱정스럽게 요리사를 바라보았다. 하지만 요리사는 수프를 젓느라 바빠서 둘의 이야기를 듣고 있지 않는 것 같았다. 그래서 앨리스는 하던 말을 계속했다. "24시간일 거예요. 아니면 12시간인가? 제가……."

"이런, 날 성가시게 하지 마. 숫자는 질색이니까!" 공작부인은 이 말을 끝으로 다시 아기를 어르기 시작했고 자장가 비슷한 노래를 부르며 한 소절이 끝날 때마다 아기를 거세게 흔들었다.

어린 아들에게는 거칠게 말하고
아들이 재채기를 하면 때려주어야 한다네.
아들은 화를 돋우려고 그러는 것이라네.

---

19 앨리스는 'axis(축)'이라고 말했으나 공작부인은 같은 발음의 'axes('도끼'의 복수형)'로 이해했다.

그렇게 하면 괴로워하는 걸 아니까.

후렴

(이 부분은 요리사와 아기도 함께 불렀다.)

와우! 와우! 와우!

공작부인은 2절을 부르는 동안 아기를 거칠게 위로 던졌다가 받기를 반복했고, 가여운 아기가 마구 울어대는 통에 앨리스는 가사를 겨우 알아들었다.

나는 내 아들에게 엄하게 말한다네.

재채기를 하면 때려주지.

아들은 마음이 내킬 때면

후추를 더할 나위 없이 좋아하니까!

후렴

와우! 와우! 와우![20]

---

20 이 시는 1850년경에 데이비드 베이츠(David Bates)가 쓴 〈다정하게 말해요(Speak Gently)〉를 패러디한 것이다. 원작은 아이를 사랑으로 대하라는 내용이지만 패러디 작품에서는 공작부인의 난폭함이 돋보인다.

"자, 괜찮으면 아기 좀 보고 있어!" 공작부인이 앨리스에게 아기를 내던지며 말했다. "난 가서 왕비님과 크로케 경기할 준비를 해야 해." 공작부인은 서둘러 부엌에서 나갔다. 요리사가 나가는 공작부인에게 프라이팬을 던졌으나 아깝게 빗나갔다.

앨리스는 아기를 어렵사리 안았다. 모양이 희한한 데다가 팔다리를 사방으로 내뻗고 있었기 때문이다. '꼭 불가사리 같네.' 앨리스가 안고 있을 때 가여운 아기는 증기기관 소리를 내며 코를 킁킁댔고 몸을 접었다 펴기를 반복했다. 이 때문에 처음 1~2분 동안은 아기를 안고 있기가 무척 힘들었다.

아기를 제대로 어르는 방법을 터득하자마자 (매듭을 묶듯이 아기를 비튼 다음 몸이 펼쳐지지 않도록 오른쪽 귀와 왼쪽 발을 계속 꽉 잡는다.) 앨리스는 아기를 안고 밖으로 나갔다. '내가 이 아기를 데려가지 않으면 분명히 저들이 하루 이틀 사이에 죽일 거야. 아기를 놔두고 가는 건 살인이 아닐까?' 앨리스가 마지막 말을 소리 내어 말했더니 아기가 대답이라도 하듯이 꿀꿀거렸다. (이제 재채기는 멈췄다.) "꿀꿀대지 마. 그런 식으로 기분을 나타내면 안 돼." 앨리스가 말했다.

아기가 다시 꿀꿀대자 앨리스는 너무 걱정돼서 무엇이 문제인지 확인하려고 아기 얼굴을 보았다. 아기 코는 누가 봐도 아주 한껏 올라간 들창코였는데, 진짜 사람 코라기보다 돼지 코 같았다. 이뿐만 아니라 아기임을 감안해도 눈이 너무 작았다.

앨리스는 아기의 생김새가 전혀 마음에 들지 않았다. '울어서 그런지도 몰라.' 앨리스는 이렇게 생각하며 아기가 눈물을 흘렸는지 확인하려고 눈을 다시 보았다.

아니, 눈물은 없었다. "아가야, 네가 돼지로 변하면 말이지. 너와 더 이상 함께 할 수 없어. 잘 들어둬!" 앨리스가 심각하게 말했다. 불쌍한 아기는 다시 울었고 (아니, 꿀꿀거린 것 같기도 했으나 어느 쪽인지 구분할 수 없었다.) 앨리스는 잠시 말없이 아기를 안고 걸었다.

앨리스는 다시 생각하기 시작했다. '이 아기를 집에 데려가면 함께 뭘 해야 하지?' 그때 아기가 다시 너무 심하게 꿀꿀거리자 앨리스는 놀라서 아기 얼굴을 보았다. 이번에는 틀림없었다. 영락없는 돼지였다. 앨리스는 돼지를 계속 안고 가면 아주 우스꽝스러울 것 같았다.

그래서 앨리스는 아기 돼지를 내려놓았고, 종종걸음으로 조용히 숲속으로 가는 돼지를 보자 마음이 아주 가벼워졌다. "엄청나게 못생긴 아이로 자랐을 거야. 차라리 잘생긴 돼지로 사는 게 나은 것 같아." 앨리스는 이렇게 중얼거리고는 아는 아이들 중 돼지로 사는 편이 나을 것 같은 아이들을 떠올리다가 혼잣말을 했다. "누가 그 애들을 변신시킬 방법을 제대로 알기만 한다면……." 그때 앨리스는 몇 미터 떨어진 곳의 나뭇가지에 앉아 있는 체셔 고양이를 보고 흠칫 놀랐다.

앨리스를 본 고양이는 씩 웃기만 했다. 앨리스는 고양이가 온순해 보인다고 생각했다. 그래도 발톱이 아주 길고 이빨이 정말 많았기 때문에 예의를 갖추고 대해야겠다고 생각했다.

"체셔 고양이님." 앨리스는 고양이가 이렇게 불리는 것을 좋아하는지 전혀 몰랐기 때문에 약간 조심스럽게 말을 걸었다. 하지만 고양이는 좀 더 환하게 씩 웃을 뿐이었다. '음, 아직까지는 기분이 좋은가 봐.' 앨리스는 이런 생각이 들어 말을 계속했다. "제가 여기서 어느 길로 가야 하는지 말씀해주시겠어요?"

"그건 순전히 네가 어느 길로 가고 싶으냐에 달렸지." 고양이가 말했다.

"상관없어요. 그게 어디든……." 앨리스가 말했다.

"그럼 어느 길로 가느냐는 중요하지 않잖아."

"그러니까 어디든 도착하기만 한다면 말이에요." 앨리스가 설명을 덧붙였다.

"아, 당연히 도착하고말고. 그만큼 오래 걷기만 한다면." 고양이가 말했다.

앨리스는 반박할 수 없다는 생각이 들어 다른 질문을 해보았다. "여기에는 어떤 사람들이 사나요?"

고양이는 오른쪽 앞발을 흔들며 말했다. "저쪽에는 모자장수가 살아. 그리고 저쪽에는……." 이번에는 왼쪽 앞발을 흔들었다. "3월 토끼가 살지. 어디든 가고 싶은 곳으로 가. 둘 다 미쳤

으니까."[21]

"하지만 전 미친 사람들이 있는 곳에 가고 싶지는 않아요." 앨리스가 말했다.

"아, 그건 네가 어떻게 할 수 있는 게 아니야. 여기 사는 우리는 모두 미쳤거든. 나도 미쳤고, 너도 미쳤어."

"제가 미쳤다는 걸 어떻게 알죠?" 앨리스가 물었다.

"그건 틀림없어. 안 그랬으면 여기 안 왔겠지." 고양이가 대답했다.

앨리스는 그게 미쳤다는 증거는 절대 아니라고 생각했지만 말을 계속했다. "그럼 고양이님이 미쳤다는 건 어떻게 알죠?"

"우선 개는 미치지 않았어. 이건 인정해?"

"그런 것 같아요." 앨리스가 말했다.

"음, 그럼……." 고양이는 계속 말했다. "알다시피 개는 화가 나면 으르렁대고 기분이 좋으면 꼬리를 흔들지. 그런데 나는 기분이 좋으면 으르렁대고 화가 나면 꼬리를 흔들어. 따라서 난 미친 거야."

"그건 으르렁대는 게 아니라 가르랑댄다고 해요." 앨리스가 말했다.

---

21 '모자장수처럼 미쳤다'는 표현은 당시 모자를 만드는 데 사용한 수은에 중독된 모자장수가 많았다는 데서 유래한 것으로 추정되며, '3월 토끼처럼 미쳤다'는 표현은 토끼의 발정기가 3월이라는 속설에서 유래한 것으로 보인다.

"좋을 대로 불러. 오늘 왕비님과 크로케 경기 하니?" 고양이가 물었다.

"정말 하고 싶은데요. 아직 초대받지 못했어요." 앨리스가 말했다.

"거기에서 보자고." 고양이는 이 말을 남기고 사라졌다.

앨리스는 그리 놀라지 않았다. 이상한 일이 벌어지는 데 점점 익숙해지고 있었다. 앨리스는 고양이가 있던 자리를 바라보고 있었는데, 그사이에 고양이가 홀연히 다시 나타났다.

"그런데 말이야. 아기는 어떻게 됐지?" 고양이가 물었다. "물어본다는 걸 깜빡할 뻔했네."

"돼지로 변했어요." 앨리스는 고양이가 평범한 방식으로 다시 나타나기라도 한 듯이 담담하게 말했다.

"그럴 줄 알았어." 고양이는 이렇게 말하고는 다시 사라졌다.

앨리스는 고양이가 다시 나타나기를 어느 정도 기대하며 잠시 기다렸지만 나타나지 않자 얼마 뒤에 3월 토끼가 산다고 한 방향으로 걸음을 옮겼다. "모자장수는 전에 본 적이 있어. 그러니 3월 토끼가 훨씬 재미있을 거야. 게다가 지금은 5월이니까 날뛸 정도로 미쳐 있지는 않을 거야. 적어도 3월만큼 미쳐 있지는 않겠지." 이렇게 말하며 위를 쳐다보니 고양이가 나뭇가지에 다시 앉아 있었다.

"그런데 돼지라고 한 거야, 무화과라고 한 거야?"[22] 고양이가 물었다.

"돼지라고 했어요." 앨리스가 대답했다. "그리고 그렇게 갑자기 나타났다 사라지지 않았으면 해요. 사람 정신없게 하지 말고요."

"알았어." 고양이가 말했다. 그리고 이번에는 아주 천천히 사라졌다. 꼬리 끝부터 사라지기 시작해 씩 웃는 입이 마지막으

---

22 'pig(돼지)'와 'fig(무화과)'의 발음이 비슷한 것을 이용해 말장난을 했다.

로 사라졌는데, 입은 나머지 부분이 사라지고 나서도 한동안 남아 있었다.

'어머! 웃음 없는 고양이는 많이 봤는데, 고양이 없는 웃음이라니! 태어나서 본 것 중 가장 신기해!' 앨리스는 생각했다.

그리 오래지 않아 3월 토끼의 집이 보였다. 앨리스는 그 집이 3월 토끼의 집이라고 확신했다. 굴뚝이 토끼 귀 모양이고 지붕이 털로 덮여 있기 때문이었다. 아주 큰 집이어서 왼손에 쥔 버섯을 조금 떼어 먹고 키가 60센티미터 정도까지 자란 다음에야 집에 가까이 갈 마음이 생겼다. 키가 자란 다음에도 조심조심 다가가며 이렇게 중얼거렸다. "토끼가 날뛸 정도로 미쳐 있으면 어쩐담! 모자장수를 보러 갈걸 그랬나!"

미친 다과회

7

집 앞 나무 아래에는 식탁이 차려져 있고, 3월 토끼와 모자장수가 차를 마시고 있었다. 둘 사이에 겨울잠쥐가 앉아 잠에 빠져 있었는데, 3월 토끼와 모자장수는 겨울잠쥐를 쿠션 삼아 팔꿈치를 받치고 머리 너머로 이야기를 나누었다. '겨울잠쥐가 너무 불편하겠는데. 물론 자고 있으니 신경 쓰지 않겠지만.' 앨리스는 이렇게 생각했다.

식탁이 컸는데도 셋은 한쪽 귀퉁이에 모여 앉아 있었다. "자리 없어! 자리 없어!" 그들은 다가오는 앨리스를 보고 외쳤다. "자리 많은데요!" 앨리스는 분해서 이렇게 외치고는 식탁 한쪽 끝에 놓인 큰 안락의자에 앉았다.

"포도주 좀 마셔봐." 3월 토끼가 권했다.

앨리스는 식탁을 살펴보았지만 차 말고는 아무것도 없었다. "포도주는 안 보이는데요." 앨리스가 말했다.

"포도주 없어." 3월 토끼가 말했다.

"그런데도 포도주를 권하는 건 예의에 아주 어긋나는 일이에요." 앨리스가 화를 내며 말했다.

"앉으라고 하지도 않았는데 앉는 것도 예의에 어긋나지." 3월 토끼가 말했다.

"이 식탁이 아저씨 것인지 몰랐어요." 앨리스가 말했다. "게다가 이 식탁에는 셋보다 더 많이 앉을 수 있어요."

"너 머리카락 좀 잘라야겠다." 모자장수가 말했다. 호기심 가득한 표정으로 한동안 앨리스를 살펴보고 있다가 내뱉은 첫 마디였다.

“다른 사람에 대해 안 좋은 말을 하면 안 된다는 걸 배워야겠군요. 아주 무례한 짓이에요.” 앨리스가 약간 엄하게 말했다.

모자장수는 이 말을 듣고 눈이 휘둥그레졌지만 이렇게 말할 뿐이었다. “갈까마귀와 책상이 왜 비슷하게?”

‘자, 이제 좀 재미있겠군!’ 앨리스는 이렇게 생각하며 말했다. “수수께끼가 시작되다니 반갑네요. 뭔지 맞힐 수 있을 것 같아요.”

“이 문제를 맞힐 수 있을 것 같다는 말이야?” 3월 토끼가 물었다.

“당연하지요.” 앨리스가 말했다.

“그럼 생각한 걸 있는 그대로 말해야 해.” 3월 토끼가 말을 이었다.

“그렇게 하는데요.” 앨리스가 허둥지둥 대답했다. “적어도…… 적어도 말하는 그대로 생각해요…… 그게 그거죠.”

“전혀 같지 않아! 네 말대로라면 ‘나는 내가 먹는 것을 본다’와 ‘나는 내가 본 것을 먹는다’가 같은 뜻이라는 거잖아!” 모자장수가 말했다.

“네 말대로라면 ‘나는 내가 가진 것이 마음에 든다’와 ‘나는 내가 마음에 드는 것을 가진다’가 같은 뜻이라는 거네!” 3월 토끼가 거들었다.

“네 말대로라면 ‘나는 잘 때 숨을 쉰다’와 ‘나는 숨을 쉴 때 잔다’가 같은 뜻이로군!” 이번에는 겨울잠쥐가 한마디 했는데 잠에 취한 채 말하는 것 같았다.

“너에게나 그게 그거겠지.” 모자장수가 말하자 대화가 뚝 끊어졌고 다과회는 잠시 침묵에 잠겼다. 그사이에 앨리스는 갈까마귀와 책상에 대해 기억나는 것을 전부 떠올려보았지만 별로 많지 않았다.

침묵을 깬 사람은 모자장수였다.

“오늘 며칠이지?” 그는 앨리스를 돌아보며 물었다. 그리고 주머니에서 회중시계를 꺼내 불안한 듯 쳐다보며 이따금 시계를 흔들기도 하고 귀에 갖다 대기도 했다.

앨리스는 잠깐 생각한 다음 말했다. “4일이에요.”

“이틀이나 틀렸잖아!” 모자장수가 한숨을 쉬었다. “내가 버터는 그 시계에 안 맞는다고 했지!” 그는 화난 표정으로 3월 토끼를 보며 말했다.

“최고급 버터였다고.” 3월 토끼가 기어 들어가는 목소리로 대답했다.

“그렇겠지. 하지만 빵부스러기도 들어간 게 틀림없어. 그러게 왜 빵 칼로 버터를 넣었어.” 모자장수가 투덜댔다.

3월 토끼는 시계를 들고 우울하게 바라보았다. 그러더니 자기 찻잔에 시계를 담그고 다시 보았다. 하지만 처음 한 말보다 더 괜찮은 변명이 생각나지 않았다. "그러니까 최고급 버터였다고."

앨리스는 호기심이 생겨서 3월 토끼의 어깨 너머를 흘끔거리고는 이렇게 말했다. "정말 이상한 시계군요! 날짜만 있고 시간이 없다니요!"

"시간이 왜 있어야 하는데?" 모자장수가 중얼거렸다. "네 시계에는 연도가 있어?"

"아니요." 앨리스가 재빨리 대답했다. "하지만 연도는 아주 오랫동안 똑같잖아요."

"내 경우도 마찬가지야." 모자장수가 말했다.

앨리스는 무척 혼란스러웠다. 모자장수는 분명 영어로 말했는데도 그 말에 아무런 뜻이 없는 것 같았다. "이해가 안 돼요." 앨리스는 최대한 정중하게 말했다.

"겨울잠쥐가 다시 잠들었군." 모자장수는 이렇게 말하더니 겨울잠쥐 코에 뜨거운 차를 약간 부었다.

겨울잠쥐는 짜증을 내며 머리를 흔들더니 눈도 뜨지 않고 말했다. "맞아, 맞아. 내가 하려던 말이 바로 그거였어."

"수수께끼는 풀었어?" 모자장수가 다시 앨리스를 쳐다보며 물었다.

"아니요, 모르겠어요. 답이 뭐예요?"

"난 도무지 모르겠어." 모자장수가 말했다.

"나도." 3월 토끼가 말했다.

앨리스는 넌더리난다는 듯이 한숨을 쉬었다. 그리고 이렇게 말했다. "시간을 잘 쓰는 게 좋겠어요. 답도 없는 수수께끼나 내면서 그걸 낭비하지 말고요."

"네가 시간을 나만큼 잘 안다면 말이야. '그걸' 낭비한다고 말하지 않았을 거야. 시간은 남자니까."[23] 모자장수가 말했다.

"무슨 말인지 모르겠어요." 앨리스가 말했다.

모자장수는 고개를 홱 젖히며 하찮다는 듯이 말했다. "당연히 모를 테지! 넌 시간과 말해본 적도 없을 테니!"

"그런 것 같아요." 앨리스가 조심스레 대답했다. "하지만 음악을 배울 때 박자를 맞춰야 한다는 건 알아요."

"아! 왜 말해본 적이 없는지 이제 알겠군. 시간은 때린다고 가만히 맞고만 있진 않을걸.[24] 자, 시간과 사이좋게 지내기만 하면 시계로 네가 하고 싶은 걸 시간이 거의 다 해준다고. 예를 들어 지금이 아침 9시라고 해보자. 수업이 막 시작될 시간이지. 네가 시간에게 속닥속닥 넌지시 알리기만 하면 시계가 눈 깜짝할 사이에 돌아가버려! 1시 30분, 점심시간으로 말이야!" 모자

---

23 모자장수는 앨리스가 말한 '시간(time)'을 '시간(Time)'이라는 이름으로 이해했다.

24 앨리스는 '박자를 맞춘다(beat time)'는 뜻으로 말했으나 모자장수는 '시간을 때린다(beat)'는 의미로 이해했다.

장수가 말했다.

("그러면 정말 좋겠다." 3월 토끼가 낮은 목소리로 중얼거렸다.)

"그거 진짜 엄청나겠어요. 하지만…… 배가 안 고플 텐데요." 앨리스가 생각에 잠겨 말했다.

"당장에는 그렇겠지. 하지만 네가 원하는 만큼 1시 30분에 머무를 수 있어." 모자장수가 말했다.

"아저씨는 그렇게 하고 있나요?" 앨리스가 물었다.

모자장수는 침울하게 고개를 저으며 대답했다. "아니! 지난 3월에 싸웠어……. 저 녀석이 미치기 직전이었지……." (모자장수는 찻숟가락으로 3월 토끼를 가리켰다.) "하트 왕비님이 성대한 음악회를 열었는데, 난 노래를 불러야 했어.

반짝반짝 작은 박쥐!
어디에 있는지 모르겠네!

"이 노래 알지?"
"비슷한 노래는 들어봤어요." 앨리스가 대답했다.
"알다시피 이렇게 이어지지." 모자장수는 노래를 계속했다.

세상 높은 곳을 나는구나.
하늘의 찻쟁반처럼.
반짝반짝[25]

이때 겨울잠쥐가 몸을 부르르 떨더니 잠결에 노래하기 시작했다. "반짝반짝, 반짝반짝……." 그런데 너무 오래 노래하는 바람에 모자장수와 3월 토끼가 멈추게 하려고 꼬집어야 했다.

"그런데 내가 1절을 채 끝내기도 전에 말이야. 왕비님이 펄쩍 뛰면서 소리를 질렀어. '저놈이 시간을 죽이고 있어! 놈의 목을 쳐라!'"

---

25 이 노래는 세계적으로 유명한 영국 동요 〈작은 별(Twinkle, Twinkle, Little Star)〉을 패러디한 것이다.

"너무 잔인해요!" 앨리스가 외쳤다.

"그리고 그 뒤로." 모자장수가 비통한 목소리로 계속 말했다. "시간은 내 부탁을 들어주지 않으려고 해! 그래서 지금은 항상 6시야."

앨리스의 머릿속에 어떤 생각이 번득 떠올랐다. "그래서 이렇게 다과회 상을 잔뜩 차려놓은 건가요?" 앨리스가 물었다.

"그래, 그거야. 언제나 차 마실 시간이라서 설거지할 틈이 없어." 모자장수가 한숨을 쉬며 말했다

"그럼 자리는 계속 옮겨가며 앉고요?" 앨리스가 물었다.

"바로 그거야. 차 마시는 도구를 써버렸으니까." 모자장수가 대답했다.

"하지만 시작 지점으로 다시 돌아가면 어떻게 돼요?" 앨리스가 용기를 내서 물었다.

"우리 이제 다른 이야기 하자." 3월 토끼가 하품을 하며 끼어들었다. "이 이야기는 지겨워. 꼬마 숙녀가 이야기를 해주면 좋겠어."

"아는 이야기가 없는데요." 3월 토끼의 제안에 조금 놀란 앨리스가 말했다.

"그럼 겨울잠쥐에게 해달라고 하자!" 3월 토끼와 모자장수가 함께 외쳤다. "겨울잠쥐야, 일어나봐!" 둘은 겨울잠쥐를 양쪽에서 동시에 꼬집었다.

겨울잠쥐는 느릿느릿 눈을 떴다. "안 자고 있었어. 너희들이 하는 얘기 다 들었다고." 푹 잠기고 무기력한 목소리였다.

"이야기 좀 해줘!" 3월 토끼가 말했다.

"네, 부탁이에요!" 앨리스가 애원했다.

"빨리 해줘!" 모자장수가 재촉했다. "안 그러면 이야기를 끝내기 전에 다시 잠들 테니까."

"옛날 옛날에 꼬마 세 자매가 살고 있었어." 겨울잠쥐는 서둘러 이야기를 시작했다. "이름이 엘시, 레이시, 틸리였지.[26] 자매들은 우물 바닥에 살았는데……."

"그 애들은 뭘 먹고 살았어요?" 먹고 마시는 문제에 항상 관심이 많은 앨리스가 물었다.

"당밀을 먹고 살았어." 잠시 생각한 뒤에 겨울잠쥐가 대답했다.

"그랬을 리 없어요. 그랬으면 아팠을 거예요." 앨리스가 조용히 말했다.

"그랬지. 심하게 아팠어." 겨울잠쥐가 말했다.

앨리스는 그렇게 특별하게 사는 게 어떨지 상상하려 애썼지만 혼란스러워지기만 해서 질문을 계속했다. "그런데 왜 우물

---

26 이 세 자매는 리델 가의 세 자매를 모델로 한다. '엘시(Elsie)'는 '로리나 샬럿(Lorina Charlotte)'의 머리글자 'L. C.'를 뜻하고 '레이시(Lacie)'는 '앨리스(Alice)'의 철자 배열을 바꾼 것이며 '틸리(Tillie)'는 막내 '에디트'의 별명인 '마틸다(Matilda)'를 줄인 것이다.

바닥에 살았어요?"

"차 더 마셔." 3월 토끼가 앨리스에게 아주 진지하게 말했다.

"아직 하나도 안 마셨는데요. 그러니 더 마실 수 없죠." 앨리스가 기분 상한 투로 대답했다.

"'덜' 마실 수 없다는 뜻이겠지. 하나도 안 마신 상태에서 '더' 마시는 건 아주 쉽잖아." 모자장수가 말했다.

"아무도 아저씨 의견을 묻지 않았어요."

"지금 다른 사람에 대해 안 좋은 소리를 하는 게 누구지?" 모자장수가 의기양양하게 물었다.

앨리스는 이 말에 뭐라고 대꾸해야 할지 몰라서 차를 마시고 버터 바른 빵을 먹은 다음 겨울잠쥐를 향해 돌아앉아 다시 물었다. "왜 자매들은 우물 바닥에 살았어요?"

겨울잠쥐는 이번에도 잠시 생각한 다음에 말했다. "당밀 우물이었거든."

"그런 건 없어요!" 앨리스는 잔뜩 화가 나서 말을 꺼냈지만 모자장수와 3월 토끼는 "쉬! 쉬!"라고 했고 겨울잠쥐는 골이 나서 말했다. "그렇게 무례하게 굴 거면 나머지 이야기는 네가 하든지."

"아니에요, 계속 해주세요! 다시는 끼어들지 않을게요. 당밀 우물이 있을 수도 있죠." 앨리스는 아주 겸손하게 말했다.

"진짜 있다니까!" 겨울잠쥐는 화를 내며 말했다. 하지만 이야기를 계속하기로 했다. "세 자매는 그리는 법을 배우고 있었지."

"뭘요?" 앨리스가 약속을 잊고 물었다.[27]

"당밀." 겨울잠쥐가 이번에는 생각해보지 않고 말했다.

"깨끗한 찻잔이 필요해." 모자장수가 끼어들었다. "다 같이 한 칸씩 옮기자."

모자장수가 이렇게 말하며 자리를 옮기자 겨울잠쥐도 따라 옮겼다. 3월 토끼가 겨울잠쥐 자리로 갔고 앨리스는 어쩔 수 없이 3월 토끼의 자리로 옮겼다. 자리를 옮겨서 득을 본 사람은 모자장수뿐이었다. 앨리스가 옮겨 간 자리는 전보다 훨씬 안 좋았다. 방금 전에 3월 토끼가 우유 단지를 접시에 엎었기 때문이다.

앨리스는 겨울잠쥐를 다시 화나게 하고 싶지 않아서 아주 조심스럽게 말문을 열었다. "그런데 이해가 안 돼요. 당밀을 어디에서 퍼 올린 거죠?"

"물은 우물에서 퍼 올리잖아." 모자장수가 말했다. "그러니까 당밀은 당밀 우물에서 퍼 올리지. 바보야."

앨리스는 마지막 말은 모르는 체하기로 하고 겨울잠쥐에게 물었다. "하지만 자매들은 우물 안에 있었잖아요."

---

27 앨리스는 겨울잠쥐가 '그리다(draw)'라는 뜻으로 한 말을 '퍼 올리다(draw)'로 이해했다.

"물론 그렇지. 우물 안에 있었지." 겨울잠쥐가 말했다.

가여운 앨리스는 이 말에 더욱 헷갈려서 한동안 끼어들지 않고 겨울잠쥐가 계속 이야기하게 놔두었다.

"자매들은 그리는 법을 배우고 있었어." 겨울잠쥐는 너무 졸려서 하품을 하고 눈을 비비며 이야기를 계속했다. "온갖 걸 다 그렸어. 'M'으로 시작하는 거라면 뭐든."

"왜 'M'으로 시작하는 걸 그렸어요?" 앨리스가 물었다.

"안 될 거 없잖아?" 3월 토끼가 말했다.

앨리스는 아무 말도 하지 않았다.

이쯤 되자 겨울잠쥐는 눈을 감고 꾸벅꾸벅 졸기 시작했다. 하지만 모자장수가 꼬집는 바람에 짧게 비명을 지르며 다시 깨서 이야기를 이어갔다. "'M'으로 시작하는 건 전부 다. 쥐덫(mouse-traps), 달(moon), 기억(memory), 많음(muchness)…… '많음이 많다(much of a muchness)'[28]라는 말을 하잖아. 그런데 '많음'을 그린 걸 본 적 있어?"

"이젠 아예 저한테 물어보시네요." 더욱 혼란스러워진 앨리스가 말했다. "못 본 것……."

"그럼 말하지 마." 모자장수가 말했다.

앨리스는 이런 식의 무례함을 참을 수 없어서 넌더리를 내며

---

28 '비슷비슷하다'는 뜻이다.

자리를 박차고 일어나 걸어갔다. 겨울잠쥐는 곧 잠들었다. 앨리스는 모자장수와 3월 토끼가 불러주지 않을까 조금은 기대하며 한두 번 돌아보았지만 둘 다 앨리스가 자리를 뜬 것조차 알아차리지 못했다. 앨리스가 마지막으로 돌아보았을 때 둘은 겨울잠쥐를 찻주전자에 쑤셔 넣으려 하고 있었다.[29]

29 빅토리아 시대에 아이들이 찻주전자에 풀이나 건초를 넣어 겨울잠쥐를 키웠다는 이야기가 있다.

앨리스는 숲을 헤치고 나아가며 말했다. "무슨 일이 있어도 다시는 저기에 안 갈 거야! 저렇게 바보 같은 다과회는 난생처음이었어!"

이렇게 말하는 순간 앨리스는 몸통에 문이 달려서 안으로 들어갈 수 있는 나무를 발견했다. '정말 신기하네! 하지만 오늘은 모든 것이 신기했지. 당장 들어가보는 게 좋겠어.' 앨리스는 이렇게 생각하며 문 안으로 들어갔다.

그러자 또다시 긴 복도가 나타났고 작은 유리 탁자가 가까이에 있었다. "이번에는 더 잘하겠지." 앨리스는 이렇게 중얼거리고는 작은 황금 열쇠를 집어 들고 정원으로 이어지는 문을 열었다. 그런 다음 키가 30센티미터 정도가 될 때까지 (주머니에 간직하고 있던) 버섯 조각을 먹었다. 잠시 후 앨리스는 작은 통로를 걸어 내려갔다. 그러자 마침내 화사한 꽃밭과 시원한 분수에 둘러싸인 아름다운 정원에 이르렀다.

8 왕비의 크로케 경기장

정원 입구에는 큰 장미 나무가 한 그루 있었다. 흰 장미가 피어 있었지만 정원사 셋이 분주하게 장미를 빨간색으로 칠하고 있었다. 앨리스는 참 이상한 일이라고 생각하여 그들을 살펴보려고 가까이 다가갔다. 가까이 간 앨리스에게 셋 중 하나의 목소리가 들렸다. "조심해, 5! 그렇게 나한테 페인트를 튀기지 말라고!"

"어쩔 수 없었어. 7이 내 팔꿈치를 밀었어." 5가 뚱한 목소리로 말했다.

그 말에 7이 고개를 들고 말했다. "그러시겠지, 5! 넌 항상 남 탓을 한단 말이지!"

"넌 입 다무는 게 좋을 거야! 바로 어제 왕비님께서 넌 목을 베어야 마땅하다고 말씀하시는 걸 들었어!" 5가 말했다.

"왜?" 맨 처음 말한 정원사가 물었다.

"네가 알 바 아니야, 2!" 7이 말했다.

"그래, 이건 7의 일이야! 그러니 7에게 얘기해주도록 하지. 요리사에게 양파가 아니라 튤립 뿌리를 갖다 줬기 때문이야."

7은 붓을 내팽개치고 "아니, 그런 부당한……"이라고 말을 꺼냈는데, 그때 자신들을 지켜보던 앨리스를 우연히 보고 말을

뚝 끊었다. 나머지 둘도 고개를 돌려 앨리스를 보았고 셋 모두 허리 숙여 인사했다.

"말씀 좀 여쭤봐도 될까요? 왜 장미를 칠하고 있나요?" 앨리스가 약간 머뭇거리며 물었다.

5와 7은 말없이 2만 쳐다보았다. 2가 낮은 목소리로 입을 열었다. "사실 그 이유는 말입니다. 아가씨, 여기에 붉은 장미 나무를 심어야 하는데 실수로 흰 장미 나무를 심었지 뭡니까. 왕비님께서 아시면 우린 모두 목이 잘릴 겁니다. 그래서 보다시피 왕비님께서 오시기 전에 최선을 다해서……." 이때 정원 건너편을 초조하게 보고 있던 5가 외쳤다. "왕비님 오신다! 왕비님!" 그러자 세 정원사는 즉시 얼굴을 바닥에 대고 엎드렸다. 여럿의 발소리가 들리자 앨리스는 왕비를 보고 싶어서 주위를 살폈다.

맨 앞에는 몽둥이를 든 병사 10명이 있었다.[30] 모두 세 정원사처럼 납작한 직사각형 모양이었고 모서리 네 곳에 손과 발이 달려 있었다. 그다음으로 신하 10명이 등장했다. 이들은 온통 다이아몬드로 치장했고 병사들과 마찬가지로 둘씩 짝지어 걸었다. 그 뒤에는 왕가의 자녀들이 있었다. 모두 10명인데, 이 귀여운 아이들은 둘씩 손을 잡고 즐겁게 팔짝팔짝 뛰어왔다. 이

30 'club'은 '몽둥이'를 뜻하기도 하고 트럼프 카드의 클로버 문양을 뜻하기도 한다.

들은 모두 하트로 치장했다. 그다음은 손님들이었다. 대부분 왕과 왕비인데 앨리스는 그들 사이에서 흰 토끼를 보았다. 토끼는 말을 거는 모든 이들이게 미소 지으며 허둥지둥 초조한 태도로 말했고 앨리스를 알아보지 못하고 지나갔다. 그다음으로 하트 잭이 진홍색 벨벳 쿠션에 놓인 왕관을 들고 뒤따랐다. 그리고 이 웅장한 행렬의 끝에 '하트 왕과 왕비'가 있었다.

앨리스는 세 정원사처럼 바닥에 얼굴을 대고 엎드려야 하나 망설이고 있었는데, 행렬이 지나갈 때 그래야 한다는 규칙을 들어본 기억이 없었다. 앨리스는 생각했다. '게다가 사람들이 다들 얼굴을 땅에 대고 엎드려서 못 본다면 행렬이 무슨 소용이겠어?' 그래서 그 자리에 가만히 서서 기다렸다.

앨리스 앞에 도착한 행렬이 멈춰서 일제히 앨리스를 보자 왕비가 엄하게 말했다. "이 애는 누구냐?" 왕비는 하트 잭에게 물었으나 하트 잭은 대답 대신 고개를 꾸벅하고 미소 지을 뿐이었다.

"바보 같으니라고!" 왕비는 조바심이 난 듯 고개를 홱 젖히고 앨리스를 향해 말했다. "얘야, 이름이 무엇이냐?"

"제 이름은 앨리스입니다, 전하." 앨리스는 아주 예의바르게 대답했지만 속으로는 이렇게 중얼거렸다. '이것들은 트럼프 카드일 뿐이야. 무서워할 필요 없어!'

"이들은 누구지?" 왕비가 장미 나무 주변에 엎드려 있는 세 정원사를 가리키며 물었다. 정원사들은 얼굴을 땅에 대고 엎드려 있어서 나머지 카드와 똑같은 등 쪽 무늬밖에 보이지 않았기 때문에 왕비는 그들이 정원사인지, 병사인지, 자기 자식들 셋인지 알 수 없었다.

"제가 어떻게 알겠어요? 제가 알 바 아닌걸요." 앨리스는 이렇게 말하고 자신의 용기에 놀랐다.

왕비는 화가 나서 얼굴이 시뻘게졌고 맹수처럼 앨리스를 잠시 노려보다가 소리 질렀다. "저 애의 목을 쳐라! 쳐……."

"터무니없는 말씀 마세요!" 앨리스가 아주 큰 소리로 단호하게 말하자 왕비는 조용해졌다.

왕이 왕비의 팔에 손을 얹고 주저하며 말했다. "왕비, 다시 생각해보오. 어린 애잖소!"

왕비는 화를 내며 왕을 뿌리치더니 하트 잭에게 명령했다. "저들을 뒤집어!"

하트 잭은 아주 조심스럽게 한 발로 정원사들을 뒤집었다.

"일어나!" 왕비가 날카로운 목소리로 외치자 세 정원사는 즉시 벌떡 일어나 왕, 왕비, 왕가의 자녀들은 물론이고 모두에게 연신 굽실대며 절을 했다.

"그만! 어지럽다!" 왕비가 소리쳤다. 그런 다음 장미 나무를 보며 말했다. "여기에서 무엇을 하고 있었지?"

"전하, 황송한 말씀이오나 저희가 하려고 한 일은……." 2가 한쪽 무릎을 꿇으며 아주 공손하게 말했다.

"알았다!" 장미를 살펴보던 왕비가 말했다. "저들의 목을 쳐라!" 그리고 행렬은 불운한 정원사들의 목을 벨 병사 셋을 남긴 채 다시 출발했다. 그러자 정원사들은 자신들을 지켜달라며 앨리스에게 달려갔다.

"목이 잘려서는 안 돼요!" 앨리스는 이렇게 말하고 가까이에 있던 큰 화분에 정원사들을 집어넣었다. 병사 셋은 정원사들을 찾으며 잠시 떠돌더니 조용히 행렬을 따라갔다.

"목은 베었느냐?" 왕비가 외쳤다.

"분부대로 목을 베었습니다, 전하!" 병사들이 큰 소리로 대답했다.

"좋았어! 크로케를 할 줄 아느냐?"

병사들은 말없이 앨리스를 쳐다보았다. 앨리스에게 한 질문이 틀림없었기 때문이다.

"네!" 앨리스가 외쳤다.

"그럼 이리 오너라!" 왕비가 큰 소리로 말하자 앨리스는 앞으로 무슨 일이 일어날지 무척 궁금해하며 행렬에 동참했다.

"나…… 날씨가 참 좋네!" 앨리스 옆에서 겁먹은 목소리가 들렸다. 앨리스는 흰 토끼와 나란히 걷고 있었는데, 흰 토끼는 초조하게 앨리스를 엿보고 있었다.

"정말 그러네요. 그런데 공작부인은 어디에 있어요?" 앨리스가 말했다.

"쉬! 쉬!" 토끼가 황급히 숨죽여 말했다. 그러면서 어깨 너머를 걱정스럽게 살펴보더니 까치발을 들고 앨리스의 귓가에 속삭였다. "공작부인은 사형을 선고받았어."

"왜요?" 앨리스가 물었다.

"딱하다고 했어?" 토끼가 물었다.

"아니요. 전혀 딱하다고 생각하지 않아요. '왜요?'라고 했어요." 앨리스가 말했다.

"공작부인이 왕비님의 따귀를 때렸어……." 토끼는 이야기를 시작했다. 앨리스는 작은 소리로 깔깔 웃었다. "이런, 쉬!" 토끼가 두려움에 떨며 속삭였다. "왕비님께서 들으실라! 공작부인이 좀 늦게 왔는데 왕비님께서 말씀하시길……."

"자기 자리로 가!" 왕비가 우레 같은 목소리를 내지르자 다들 사방팔방으로 뛰기 시작했고 서로 걸려 넘어지기도 했다. 하지만 1~2분 뒤에는 모두 자리를 잡았고 경기가 시작되었다. 앨리스는 이렇게 이상한 크로케 경기장은 난생처음 본 것 같았다. 경기장은 이랑과 고랑이 패어 울퉁불퉁했다. 공 역할은 살아 있는 고슴도치가, 공을 치는 망치 역할은 살아 있는 홍학이 맡았고, 병사들은 몸을 둥글게 말고 손과 발로 땅을 짚어 아치형 기둥 문을 만들었다.

앨리스가 가장 처음 맞닥뜨린 어려움은 홍학을 다루는 것이었다. 홍학의 다리를 아래로 늘어뜨린 채 몸통을 겨드랑이에 편안하게 밀어 넣는 데까지는 성공했으나 목을 잘 펴서 고슴도치 머리를 치려고 하면 홍학이 몸을 비틀어 앨리스의 얼굴을 보기 일쑤였기 때문에 앨리스는 홍학의 어리둥절한 표정에 웃음을 터뜨릴 수밖에 없었다. 홍학 머리를 내리고 다시 공을 치려고 하면 고슴도치가 몸을 펴고 기어가서 짜증이 났다. 이뿐

만 아니라 고슴도치를 쳐서 보내려고 하는 곳 어디에나 이랑이 나 고랑이 있었고, 몸을 웅크리고 있던 병사들은 줄곧 일어나서 경기장 다른 쪽으로 걸어가버렸기 때문에 곧 앨리스는 이 경기가 진짜 어렵다는 생각을 하게 되었다.

선수들은 순서를 기다리지 않고 모두 한꺼번에 경기를 했기 때문에 늘 다투었고 고슴도치를 차지하려고 싸웠다. 그리고 왕비는 금세 격하게 화를 내고 발을 구르며 1분에 한 번씩 소리 질렀다. "저놈 목을 쳐라! 이놈 목을 쳐라!"

앨리스는 매우 불안해졌다. 아직까지는 왕비와 다툼이 없었지만 그런 일은 언제든지 일어날 수 있었다. 앨리스는 생각했다. '그러면 난 어떻게 되는 거지? 이곳 사람들은 목을 베는 걸 끔찍하게 좋아하는데. 아직 누구라도 살아 있다는 게 놀라울 정도야!'

앨리스는 도망갈 방법을 궁리했고 눈에 띄지 않게 빠져나갈 수 있을지 고민했다. 그때 허공에 이상한 것이 나타났다는 것을 알아차렸다. 그것을 보고 처음에는 무척 당황했지만 잠시 지켜보고 씩 웃는 입이라는 것을 알게 되자 중얼거렸다. "체셔 고양이구나. 이제 말벗이 생겼어."

"잘 지내니?" 말을 할 수 있을 정도로 입이 나타나자마자 고양이가 말했다.

앨리스는 눈이 나타날 때까지 기다렸다가 고개를 끄덕이며 생각했다. '귀가 한쪽이라도 나타나기 전까지는 말해봤자 소용없어.' 잠시 후 머리가 온전히 나타나자 앨리스는 홍학을 내려놓고 자기 이야기에 귀 기울일 누군가가 있다는 데 무척 기뻐하며 경기에 대해 이야기하기 시작했다. 고양이는 지금 보이는 정도면 충분하다고 생각한 모양인지 더 이상 모습을 드러내지 않았다.

"다들 공정하게 경기하지 않는 것 같아요." 앨리스가 투덜대며 말문을 열었다. "게다가 모두 어찌나 무섭게 싸우는지 자기 목소리도 안 들릴 정도예요. 딱히 규칙도 없는 것 같고 설령 있다 해도 아무도 신경 쓰지 않아요. 전부 다 살아 움직인다는 것이 얼마나 혼란스러운지 모를 거예요. 이를테면 내가 다음에 공을 통과시켜야 하는 기둥 문이 경기장 반대쪽 끝으로 걸어가 버리는 식이죠. 조금 전에는 왕비님의 고슴도치를 쳐내야 했는데, 제 고슴도치가 다가오는 걸 본 왕비님 고슴도치가 도망쳐 버렸지 뭐예요!"

"왕비님은 마음에 들어?" 고양이가 나지막한 목소리로 물었다.

"전혀요. 왕비님은 너무……." 바로 그때 앨리스는 왕비가 바로 뒤에서 듣고 있다는 것을 눈치 챘다. 그래서 이렇게 말했다. "너무 이길 가능성이 커서 경기를 끝까지 할 필요도 없어요."

왕비는 미소 지으며 지나갔다.

"누구와 이야기를 하느냐?" 왕이 앨리스에게 다가와 물으며 고양이 머리를 호기심 가득한 눈길로 바라보았다.

"제 친구 체셔 고양이예요. 소개하도록 허락해주세요." 앨리스가 말했다.

"생김새가 마음에 들지 않는구나. 하지만 원한다면 손에 입맞추는 걸 허락하지." 왕이 말했다.

"안 할 건데요." 고양이가 말했다.

"버릇없이 굴지 말거라. 날 그렇게 쳐다보지도 말고!" 왕은 이렇게 말하며 앨리스 뒤로 숨었다.

"고양이도 왕을 쳐다볼 수 있어요."[31] 앨리스가 말했다. "책에서 읽은 말인데 어느 책인지는 기억나지 않네요."

"음, 반드시 없애야겠어." 왕은 아주 단호하게 말하더니 때마침 지나가던 왕비를 불렀다. "왕비! 당신이 이 고양이를 없애주면 좋겠구려!"

큰 문제든 작은 문제든 왕비가 문제를 해결하는 방법은 딱 하나였다. "저놈 목을 쳐라!" 왕비는 돌아보지도 않고 이렇게 말했다.

"목을 벨 사람은 내가 직접 데려와야겠군." 왕은 신이 나서 말하며 서둘러 사라졌다.

앨리스는 돌아가서 경기가 어떻게 진행되는지 보는 게 낫겠다는 생각이 들었다. 멀리서 왕비가 고래고래 내지르는 소리가 들렸기 때문이다. 차례를 놓친 선수 셋의 목을 베라는 소리를 이미 들었는데, 앨리스는 돌아가는 상황이 조금도 마음에 들지 않았다. 경기가 너무 엉망진창이라서 자기 차례를 도무지 알 수 없었기 때문이다. 그래서 앨리스는 자기 고슴도치를 찾으러 갔다.

---

31 모두 평등한 권리를 지닌다는 뜻의 영국 속담.

앨리스의 고슴도치는 다른 고슴도치와 싸우고 있었는데, 앨리스의 눈에는 다른 고슴도치를 쳐낼 절호의 기회로 보였다. 딱 하나 곤란한 점이라면 앨리스의 홍학이 정원 반대편으로 가버렸다는 것이다. 그곳에서 홍학이 나무 위로 날아오르려고 헛되이 애쓰는 모습이 보였다.

앨리스가 홍학을 다시 데려왔을 때는 싸움이 끝나 있었고 고슴도치 두 마리 모두 보이지 않았다. '별 상관없어. 경기장 이쪽 편에 있던 기둥 문이 모두 사라진걸.' 그래서 앨리스는 홍학이 다시 달아나지 못하도록 팔에 끼고 친구와 좀 더 이야기를 나누려고 돌아갔다.

체셔 고양이에게 돌아간 앨리스는 주위에 많은 이들이 모여 있어서 깜짝 놀랐다. 사형집행인, 왕, 왕비가 말다툼을 하고 있었는데 셋이 한꺼번에 말을 쏟아냈고 나머지는 매우 불안한 표정으로 조용히 있었다.

앨리스가 나타나자 셋은 앨리스에게 문제를 해결해달라고 호소했다. 그들은 앨리스에게 각자의 주장을 되풀이해서 말했는데 모두 동시에 말하는 바람에 앨리스는 정확히 뭐라고 말하는지 알아듣기가 매우 힘들었다.

사형집행인은 목이 붙어 있는 몸통이 없으면 목을 베어낼 수 없다고 주장했다. 몸통이 없는 목은 베어본 적도 없고 사는 동안 그런 일은 하지 않겠다고 했다.

왕은 목이 있는 것은 무엇이든 그 목을 벨 수 있으니 말도 안 되는 소리를 하면 안 된다고 주장했다.

왕비는 당장 고양이를 어떻게 하지 않으면 모여 있는 모든 이들을 사형에 처하겠다고 주장했다. (바로 이 말 때문에 모여든 이들은 심각하고 불안해졌다.)

앨리스는 "저 고양이는 공작부인 것이니 공작부인에게 물어

보는 게 좋겠어요"라는 말밖에 떠오르지 않았다.

"공작부인은 감옥에 있는데." 왕비는 사형집행인에게 공작부인을 이리 데려오라고 했다. 그러자 사형집행인이 쏜살같이 사라졌다.

사형집행인이 사라지자 고양이 머리가 희미해지기 시작했고 그가 공작부인을 데려왔을 때는 완전히 사라져버렸다. 그래서 왕과 사형집행인이 여기저기 열심히 찾아다녔고 모여 있던 이들은 경기를 하러 돌아갔다.

9
가짜 거북의 이야기

"널 다시 보게 되어 얼마나 기쁜지 상상도 못할 거다, 요 귀여운 녀석아!" 공작부인은 앨리스의 팔짱을 다정하게 끼며 말했고, 둘은 함께 걸어갔다.

앨리스는 공작부인이 이렇게 기분이 좋아서 무척 다행스러웠고 부엌에서 만났을 때는 후추 때문에 그렇게 잔인해진 게 아닐까 생각했다.

"내가 공작부인이라면." 앨리스는 혼잣말을 중얼거렸다. (하지만 그렇게 되기를 바라는 투는 아니었다.) "부엌에 후추를 하나도 놔두지 않을 거야. 수프는 후추를 안 넣어도 맛있잖아. 어쩌면 사람들이 화내는 건 후추 때문인지도 몰라." 앨리스는 새로운 규칙을 알아내게 되어 무척 기뻐하며 계속 중얼거렸다. "심

술을 부리는 건[32] 식초, 씁쓸한 기분을 느끼는 건[33] 캐모마일, 아이들이 마음씨 고운 건[34] 보리사탕 같은 것들 때문인지도 몰라. 사람들이 이걸 알면 좋을 텐데. 그럼 달콤한 걸 아낌없이 먹게 할 텐데……."

이때쯤 앨리스는 공작부인을 까맣게 잊고 있었기 때문에 귓가에 공작부인의 목소리가 들리자 조금 놀랐다. "얘, 뭔가를 생각하느라 말하는 걸 잊은 모양이구나. 지금은 그것에서 무슨 교훈을 얻을 수 있는지 말해줄 수 없지만 곧 떠올리도록 하마."

"교훈 같은 건 없을지도 몰라요." 앨리스가 용감하게 말했다.

"쯧쯧, 풋내기로구나! 모든 것에는 교훈이 있어. 찾으려고만 들면 말이야." 공작부인은 이렇게 말하며 앨리스 옆으로 더욱 바짝 붙었다.

앨리스는 공작부인과 이렇게 가까이에 있는 것이 싫었다. 우선 공작부인이 너무 못생겼기 때문이다. 또 공작부인은 앨리스의 어깨에 턱을 올리기 딱 좋은 키였는데 그 턱이 불편할 정도로 날카로웠기 때문이다. 하지만 앨리스는 무례하게 굴고 싶지 않아서 최대한 참았다.

"이제 경기가 아까보다는 잘 되어가고 있네요." 앨리스는 대

---

32 'sour'에는 '맛이 신'이라는 뜻도 있다.

33 'bitter'에는 '맛이 쓴'이라는 뜻도 있다.

34 'sweet'에는 '맛이 달콤한'이라는 뜻도 있다.

화를 좀 더 이어가려고 말했다.

"그렇군. 여기에서 얻을 수 있는 교훈은 '아, 세상을 돌아가게 하는 건 사랑, 사랑이구나!'라는 거야." 공작부인이 말했다.

"누가 그러던데요. 모두 쓸데없이 참견하지 않으면 세상이 잘 돌아갈 거라고요." 앨리스가 속삭였다.

"아, 그래! 그게 그 말이야." 공작부인은 날카로운 턱으로 앨리스의 어깨를 후벼 파며 말한 다음 한 마디 덧붙였다. "그것에서 얻을 수 있는 교훈은 '의미에 신경 쓰면 소리는 저절로 만들어진다'[35]란다."

'공작부인은 매사에 교훈 찾는 걸 정말 좋아하는군!' 앨리스는 생각했다.

"내가 왜 네 허리에 손을 두르지 않는지 궁금할 테지." 잠시 후에 공작부인이 말했다. "그 이유는 말이다. 네 홍학의 성질머리가 어떤지 모르기 때문이야. 한번 실험해볼까?"

"물지도 몰라요." 앨리스는 그런 실험이라면 조금도 해보고 싶지 않았기 때문에 조심스럽게 대답했다.

"맞는 말이야. 홍학도 겨자도 톡 쏘지.[36] 여기에서 얻을 수 있는 교훈은 '유유상종'이야." 공작부인이 말했다.

---

35 '푼돈을 아끼면 큰돈은 저절로 모인다.(Take care of the pence and the pounds will take care of themselves.)'라는 속담에서 단어를 바꾼 문장이다.

36 공작부인은 앨리스가 '물다(bite)'라는 뜻으로 한 말을 '톡 쏘다(bite)'로 이해했다.

"하지만 겨자는 새가 아니잖아요."

"이번에도 맞았어. 넌 사물을 아주 정확하게 구분하는구나!"

"겨자는 광물 같은데요."

"물론 그렇지." 공작부인은 앨리스가 하는 모든 말에 맞장구칠 기세였다. "이 근처에 큰 겨자 광산이 있어. 거기에서 얻을 수 있는 교훈은…… '내 것이 많을수록 네 것은 줄어든다'[37]는 거야."

"아, 알겠어요!" 공작부인의 마지막 말에 귀 기울이지 않은 앨리스가 외쳤다. "겨자는 채소예요. 채소처럼 생기지는 않았지만 채소예요."

"네 말이 맞고말고. 거기에서 얻을 수 있는 교훈은 '겉으로 보이는 것과 같은 사람이 되어라'야. 좀 더 간단히 말하면 '너 자신이 다른 사람들에게 보이는 것과 다른 사람일 것이라고 절대 생각하지 마라. 네가 다른 무엇이었거나 다른 무엇일 수 있었다면 다른 사람들에게 다른 무엇으로 보였을 테니까'란다."

"그 말을 받아 적어야 잘 이해할 수 있겠어요. 말로만 들어서는 도무지 무슨 뜻인지 모르겠어요." 앨리스가 아주 공손하게 말했다.

"마음만 먹으면 이것보다 훨씬 길게 말할 수도 있단다." 공작

---

37 'mine'의 두 가지 뜻 '광산'과 '내 것'을 이용해 말장난을 했다.

부인은 흡족한 듯이 말했다.

"부탁인데 더 길게 말하는 수고는 하지 마세요."

"수고는 무슨! 내가 지금까지 한 말을 전부 너에게 선물로 주마."

'정말 성의 없는 선물이야! 그런 걸 생일 선물로 받지 않아서 다행이지 뭐야!' 앨리스는 이렇게 생각했지만 소리 내서 말할 엄두는 나지 않았다.

"또 생각하는 거니?" 공작부인이 날카로운 턱으로 다시 어깨를 찌르며 물었다.

"저에겐 생각할 권리가 있어요." 앨리스는 약간 귀찮은 기분이 들어 다소 날카롭게 대답했다.

"돼지에게 날아다닐 권리가 있는 정도의 권리가 있지." 공작부인이 말했다. "여기에서 얻을 수 있는 교……."

그런데 놀랍게도 이 대목에서 공작부인의 목소리가 서서히 작아졌다. 그렇게 좋아하는 '교훈'이라는 단어를 말하는 중이었는데도 말이다. 그러더니 앨리스에게 팔짱을 낀 팔이 떨리기 시작했다. 앨리스가 고개를 들어 보니 팔짱을 끼고 벼락을 내릴 듯 찌푸린 표정의 왕비가 앞에 서 있었다.

"날씨가 좋습니다, 전하!" 공작부인이 작고 힘없는 목소리로 말문을 열었다.

"미리 경고한다!" 왕비가 발을 구르며 소리쳤다. "너든지 너의 머리든지 둘 중 하나는 사라져야 해. 당장! 선택해!"

공작부인은 하나를 선택했고 즉시 사라졌다.

"계속 경기를 하자꾸나." 왕비가 앨리스에게 말하자 앨리스는 너무 무서워서 한 마디도 못 하고 왕비를 따라 크로케 경기장으로 느릿느릿 돌아갔다.

다른 손님들은 왕비가 자리를 비운 틈을 타 그늘에서 쉬고 있었다. 하지만 왕비를 보자마자 황급히 경기하러 돌아갔고, 왕비는 잠시라도 경기가 지체되면 목이 날아갈 것이라고 했다.

경기 내내 왕비는 계속 다른 선수와 싸웠고 "저놈 목을 쳐라!"라거나 "이놈 목을 쳐라!"라고 외쳤다. 왕비가 목을 치라고 한 이들은 병사들이 데려가 감시했는데, 당연히 병사들은 이를 위해 기둥 문 역할을 중단해야 했다. 그래서 30분쯤 뒤에는 기둥 문이 하나도 남아 있지 않았고, 왕과 왕비와 앨리스를 제외한 모든 선수들이 사형을 선고받아 감시받고 있었다.

그러자 왕비는 경기를 중단하고 가쁜 숨을 몰아쉬며 앨리스에게 말했다. "가짜 거북을 본 적이 있느냐?"

"아니요. 가짜 거북이 뭔지도 모르는걸요." 앨리스가 말했다.

"가짜 거북 수프의 재료지."[38]

---

38 영국 요리 중 소의 머리, 발, 꼬리 등 잘 먹지 않는 부위를 끓여 만드는 '가짜 거북 수프'가 있는데, 존 테니얼이 그린 《이상한 나라의 앨리스》 초판본 삽화를 보면 가짜 거북이 거북의 몸통에 소의 머리, 발, 꼬리를 달고 있다.

"보지도 듣지도 못했어요."

"그럼 이리 오너라. 가짜 거북이 자기 사연을 말해줄 거야."

왕비와 함께 걸어가는 동안 앨리스는 왕이 모여 있던 무리들에게 낮은 목소리로 말하는 것을 들었다. "너희들을 모두 사면한다."

"아, 잘됐어!" 앨리스는 왕비가 사형 선고를 너무 많이 내려서 마음이 무척 안 좋았기 때문에 이렇게 중얼거렸다.

곧 둘은 햇볕을 쬐며 누워서 깊이 잠들어 있는 그리핀과 마주했다. (그리핀이 뭔지 모른다면 아래 그림을 보라.) "일어나, 이

게으른 것아!" 왕비가 말했다. "이 꼬마 숙녀를 가짜 거북에게 데려가서 사연을 들려줘. 난 돌아가서 아까 내린 사형 선고가 어떻게 되었는지 살펴봐야겠다." 왕비는 이렇게 말하고는 앨리스를 그리핀에게 남겨두고 떠났다. 앨리스는 그리핀의 생김새가 마음에 안 들었지만 잔인한 왕비를 따라가는 것이나 그리핀과 함께 있는 것이나 안전 측면에서는 별반 다를 게 없다는 생각이 들어서 기다렸다.

그리핀은 일어나 앉아서 눈을 비비더니 왕비가 보이지 않을 때까지 지켜본 다음 킬킬대며 웃었다. "정말 웃기군!" 그리핀은 혼잣말인 듯, 앨리스에게 하는 말인 듯 중얼거렸다.

"뭐가 그렇게 웃겨요?" 앨리스가 물었다.

"왕비 말이야. 전부 다 왕비의 공상이야. 사형 당하는 사람은 아무도 없다고. 이리 와!" 그리핀이 말했다.

'여기에선 다들 "이리 와!"라고 말하는군. 지금껏 이렇게 명령을 많이 들어본 적이 없어. 한 번도!' 앨리스는 이렇게 생각하며 느릿느릿 그리핀을 좇아갔다.

조금 걸어가자 멀리 가짜 거북이 보였다. 튀어나온 작은 바위 위에 외롭고 슬프게 앉아 있었는데, 가까이 가자 심장을 쥐어짜듯이 한숨 쉬는 소리가 들렸다. 앨리스는 가짜 거북이 너무 불쌍했다. "왜 슬퍼하는 거예요?" 앨리스가 그리핀에게 묻자 그리핀은 아까 한 말과 거의 비슷한 대답을 했다. "전부 다

가짜 거북의 공상이야. 슬픈 일은 하나도 없다고. 이리 와!"

그들이 다가가자 가짜 거북은 눈물이 그렁그렁한 큰 눈으로 바라볼 뿐 아무 말도 하지 않았다.

"여기 이 꼬마 숙녀가 말이지." 그리핀이 말을 꺼냈다. "네 사연을 꼭 듣고 싶대."

"얘기해주지." 가짜 거북은 낮고 공허한 목소리로 말했다.

"둘 다 여기 앉아봐. 내가 이야기 끝낼 때까지 아무 말도 하지 말고."

그래서 앨리스와 그리핀은 앉았고 한동안 아무도 말하지 않았다. 앨리스는 생각했다. '이야기를 시작도 하지 않으면서 어떻게 끝내겠다는 건지 모르겠네.' 하지만 앨리스는 참을성 있게 기다렸다.

"옛날에." 마침내 가짜 거북이 깊은 한숨을 쉬며 이야기를 시작했다. "난 진짜 거북이었어."

이 말을 끝으로 아주 긴 침묵이 흘렀다. 그리핀이 이따금 '아흑!' 하고 흐느끼는 소리와 가짜 거북이 하염없이 통곡하는 소리만 들릴 뿐이었다. 앨리스는 벌떡 일어나서 "재미있는 이야기 들려줘서 고맙습니다"라고 말할 뻔했지만 분명 뭔가 더 있을 것이라는 생각이 들어서 잠자코 앉아 있었다.

"어렸을 때 말이야." 마침내 가짜 거북이 이야기를 계속했다. 가끔 흐느끼기는 했지만 훨씬 차분해졌다. "우리는 바다에 있는 학교에 다녔어. 나이 많은 거북 선생님이 계셨는데, 우리는 그 선생님을 육지거북이라고 불렀지."

"육지거북이 아닌데 왜 그렇게 불렀어요?" 앨리스가 물었다.

"우릴 가르쳤으니까."[39] 가짜 거북이 발끈하며 말했다. "넌 정

---

39 'tortoise(육지거북)'의 발음은 'taught us(우리를 가르쳤다)'와 비슷하다.

말 머리가 나쁘구나!"

"그렇게 쉬운 걸 물어보다니 부끄러운 줄 알아야 해." 그리핀이 한 마디 보탰다. 그리핀과 가짜 거북은 가만히 앉아서 불쌍한 앨리스를 쳐다보았고 앨리스는 땅 속으로 꺼지고 싶었다. 마침내 그리핀이 가짜 거북에게 말했다. "친구, 계속해! 이러다 하루 종일 걸리겠다!" 그러자 가짜 거북은 이야기를 계속했다.

"그래, 우리는 바다에 있는 학교를 다녔어. 넌 믿지 않을지 모르지만……."

"못 믿겠다고 한 적 없는데요!" 앨리스가 끼어들었다.

"했잖아." 가짜 거북이 말했다.

"입 좀 다물어!" 앨리스가 다시 말하기 전에 그리핀이 말했다. 가짜 거북은 계속 말했다.

"우린 최상의 교육을 받았어. 사실 매일 학교에 갔지."

"나도 학교에 다녔어요. 그렇게까지 자랑할 일은 아니잖아요." 앨리스가 말했다.

"보충수업도 했어?" 가짜 거북이 약간 초조한 듯 물었다.

"네. 프랑스어와 음악 수업이요."

"세탁도 하고?" 가짜 거북이 물었다.

"그런 건 당연히 안 했죠!" 앨리스가 화를 내며 대답했다.

"아! 그럼 너희 학교는 진짜 좋은 학교가 아니었군." 가짜 거북이 정말 다행스럽다는 투로 말했다. "우리 학교 수업료 고지

서에는 맨 끝에 '프랑스어, 음악, 세탁: 보충수업[40]'이라고 적혀 있었지."

"보충수업까지 받을 필요는 없었을 것 같은데요. 바다 속에 살았으니까요." 앨리스가 말했다.

"보충수업까지 받을 여유는 없었어. 정규수업만 받았지." 가짜 거북이 한숨을 쉬며 말했다.

"정규수업에서는 뭘 배웠어요?"

"당연히 비틀기와 발버둥치기[41]를 제일 먼저 배웠지. 그다음으로 여러 가지 산수를 배웠어. 야망, 산만함, 추화, 조롱[42] 같은 것들이었지."

"추화는 처음 들어봐요. 그게 뭐예요?" 앨리스가 용기를 내서 말했다.

그리핀은 놀라서 양쪽 앞발을 들고 외쳤다. "뭐라고! 추화를 처음 들어봤다고! 미화가 뭔지는 알지?"

"네. 뭔가를 더 예쁘게 만든다는 뜻이잖아요." 앨리스가 미심쩍다는 듯이 말했다.

---

40 'extra'는 '보충수업, 추가 비용'을 모두 뜻한다.

41 '비틀기(Reeling)'와 '발버둥치기(Writhing)'는 '읽기(Reading)'와 '쓰기(Writing)'의 말장난이다.

42 '야망(Ambition)'은 '덧셈(Addition)', '산만함(Distraction)'은 '뺄셈(Subtraction)', '추화(Uglification)'는 '곱셈(Multiplication)', '조롱(Derision)'은 '나눗셈(Division)'의 말장난이다.

"그래, 그렇다면 말이지." 그리핀이 계속 말했다. "추화가 뭔지 모른다면 넌 바보야."

앨리스는 이 말에 대해 더 이상 물을 용기가 나지 않아 가짜 거북을 향해 말했다. "또 뭘 배웠는데요?"

"음, 불가사의[43]도 배웠어." 가짜 거북이 앞발로 과목 수를 세어가며 대답했다. "고대와 근대 불가사의와 바다지리[44]를 배웠지. 그리고 느리게 말하기[45]도 있네. 느리게 말하기 선생님은 나이 많은 붕장어인데 일주일에 한 번 수업했어. 선생님은 느리게 말하기, 기지개 켜기, 몸 말고 기절하기[46]를 가르치셨지."

"그게 뭔데요?" 앨리스가 물었다.

"음, 직접 보여줄 순 없어. 난 몸이 너무 뻣뻣하고 그리핀은 배운 적이 없거든." 가짜 거북이 말했다.

"시간이 없었어. 대신 난 고전 선생님 수업을 들었지. 나이 많은 게 선생님이었어. 그랬지." 그리핀이 말했다.

"난 그 선생님 수업은 안 들었는데." 가짜 거북이 한숨을 쉬

43 '불가사의(Mystery)'는 '역사(History)'의 말장난이다.

44 '바다지리(Seaography)'는 '지리(Geography)'의 말장난이다.

45 '느리게 말하기(Drawling)'는 '그림 그리기(Drawing)'의 말장난이다.

46 '기지개 켜기(Stretching)'는 '스케치하기(Sketching)', '몸 말고 기절하기(Fainting in Coils)'는 '유화 그리기(Painting in Oils)'의 말장난이다.

며 말했다. "듣자하니 웃기와 슬퍼하기[47]를 가르쳤다던데."

"그래, 그랬어." 그리핀도 한숨을 쉬며 말했다. 그리고 둘 다 앞발로 얼굴을 가렸다.

"수업은 하루에 몇 시간이나 들었어요?" 앨리스가 다른 얘기를 하려고 얼른 물었다.

"첫날에는 10시간이었어. 그다음 날에는 9시간, 이런 식으로." 가짜 거북이 대답했다.

"시간표가 정말 이상하네요!" 앨리스가 외쳤다.

"바로 그런 이유에서 수업이라고 부르는 거야. 날이 갈수록 줄어드니까."[48] 그리핀이 말했다.

아주 새로운 개념이기 때문에 앨리스는 잠시 생각한 뒤에 말을 계속했다. "그럼 열한 번째 날은 휴일이었겠군요?"

"당연하지." 가짜 거북이 말했다.

"그럼 열두 번째 날에는 어떻게 했어요?" 앨리스는 진지하게 질문을 계속했다.

"수업 이야기는 충분히 했어." 그리핀이 아주 단호한 말투로 끼어들었다. "이제 이 애에게 그 놀이 이야기를 해줘."

---

47 '웃기(Laughing)'와 '슬퍼하기(Grief)'는 각각 '라틴어(Latin)'와 '그리스어(Greek)'의 말장난이다.

48 '수업(lesson)'과 '감소하다(lessen)'의 발음이 같은 것을 이용해 말장난을 했다.

바닷가재 카드리유

10

가짜 거북은 한숨을 깊이 쉬더니 한쪽 앞발 등으로 눈을 가렸다. 앨리스를 보며 말하려 했지만 한동안 목이 메어 말이 안 나왔다. “목구멍에 뼈가 걸린 것 같은데.” 그리핀은 이렇게 말하더니 가짜 거북을 흔들고 등을 두드렸다. 마침내 목소리를 되찾은 가짜 거북은 눈물을 흘리며 이야기를 계속했다.

“넌 바다 속에서 살아본 적이 없겠지.” (앨리스는 “없어요”라고 했다.) “그럼 바닷가재를 만나본 적도 없을 테지.” (앨리스는 “전에 먹어본……”이라고 말을 꺼냈다가 “네, 본 적 없어요”라고 황급히 수습했다.) “고로 넌 바닷가재 카드리유(Quadrille)[49]가 얼마

---

49 네 사람이 한 조가 되어 사방에서 서로 마주 보며 추는 프랑스 춤으로, 나폴레옹 1세의 궁정에서 비롯되었는데 19세기 무렵에 전 유럽에 유행했다.

나 흥겨운지도 모르겠군!"

"네, 몰라요. 그건 어떤 춤이에요?"

"그러니까, 먼저 해안을 따라 한 줄로 서는 거야." 그리핀이 말했다.

"두 줄이야!" 가짜 거북이 외쳤다. "물개, 거북, 연어 등이 함께 하지. 그다음으로 해파리를 말끔하게 치우고……."

"보통 이 일에 시간이 좀 걸려." 그리핀이 끼어들었다.

"두 걸음 앞으로 나가."

"모두 바닷가재를 하나씩 들고!" 그리핀이 외쳤다.

"당연하지." 가짜 거북이 말했다. "두 걸음 앞으로 나가서 파트너를 마주 보고……."

"바닷가재를 서로 바꾼 다음 똑같은 순서로 물러나." 그리핀이 계속 설명했다.

"그런 다음에는, 던지는 거야." 가짜 거북이 말했다.

"바닷가재를!" 그리핀이 펄쩍 뛰어오르며 외쳤다.

"최대한 바다 멀리."

"그리고 그걸 쫓아 헤엄쳐!" 그리핀이 고함을 질렀다.

"바다에서 공중제비를 돌아!" 가짜 거북이 이리저리 껑충대며 외쳤다.

"다시 바닷가재를 바꿔!" 그리핀이 소리쳤다.

"그리고 뭍으로 돌아오면 첫 번째 동작이 끝나는 거야." 가짜

거북이 갑자기 풀 죽은 목소리로 말했다. 그리고 내내 미친 듯이 뛰어다니던 그리펀과 가짜 거북은 다시 매우 슬픈 표정으로 말없이 앉아서 앨리스를 보았다.

"분명 멋진 춤일 것 같아요." 앨리스가 조심스럽게 말했다.

“좀 보여줄까?” 가짜 거북이 말했다.

“네, 정말 보고 싶어요.”

“자, 첫 번째 동작 한번 해보자!” 가짜 거북이 그리핀에게 말했다. “바닷가재 없이도 할 수 있잖아. 노래는 누가 하지?”

“네가 해. 난 가사를 까먹었어.” 그리핀이 말했다.

둘은 앨리스를 빙빙 돌며 진지하게 춤추기 시작했다. 가끔 너무 가까이 지나가다가 앨리스의 발을 밟기도 했고 앞발을 흔들며 박자를 맞추기도 했다. 그러는 동안 가짜 거북은 느릿느릿 구슬프게 노래했다.

“좀 더 빨리 걸을래?” 대구가 달팽이에게 말했지.
“우리 바로 뒤에 있는 쇠돌고래가 내 꼬리를 밟고 있어.
바닷가재와 거북들이 모두 얼마나 열심히 가는지 봐!
조약돌에 앉아서 기다리고 있잖아. 가서 함께 춤출래?”
그럴래? 안 그럴래? 그럴래? 안 그럴래? 함께 춤출래?
그럴래? 안 그럴래? 그럴래? 안 그럴래? 함께 춤추지 않을래?

“얼마나 흥겨운지 넌 정말 모를 거야.
춤추는 이들이 우리를 들어 올려
바닷가재와 함께 바다로 내던지면 말이야!”
하지만 달팽이는 “너무 멀어, 너무 멀어!”라고 대답하며

눈을 흘겼지.

"그리고 대구에게 다정하게 감사 인사를 했지만

함께 춤을 추지는 않겠다고 했다네.

안 할래, 할 수 없어, 안 할래, 할 수 없어,

함께 춤을 추지 않겠어.

안 할래, 할 수 없어, 안 할래, 할 수 없어,

함께 춤을 출 수 없어."

"얼마나 멀리 가는지는 상관없지 않아?"

비늘이 덮인 친구가 말했네.

"반대쪽에 또 다른 해변이 있잖아.

영국에서 멀어질수록 프랑스에 가까워지는 거야.

그러니 사랑하는 달팽이여,

하얗게 질린 얼굴 하지 말고

가서 함께 춤추자."

그럴래, 안 그럴래, 그럴래, 안 그럴래, 함께 춤을 출래?

그럴래, 안 그럴래, 그럴래, 안 그럴래, 함께 춤추지 않을래?[50]

---

50 이 노래는 메리 보텀 호위트(Mary Botham Howitt)의 시 〈거미와 파리(The Spider and the Fly)〉를 패러디한 것이다. 원래 시는 교활한 거미가 파리를 거미줄로 끌어들이려고 유혹하는 내용으로, 본심을 숨기고 아첨하는 이들을 주의하라는 교훈을 담고 있다.

"고마워요. 정말 재미있는 춤이군요. 대구에 관한 독특한 노래도 정말 좋은데요!" 드디어 끝나서 다행이라고 생각한 앨리스가 말했다.

"아, 대구 얘기가 나와서 말인데, 당연히 대구는 본 적이 있겠지?" 가짜 거북이 말했다.

"네, 자주 봤어요. 저녁식……." 앨리스는 황급히 말을 끊었다.

"저녁식이 어딘지 모르겠네. 하지만 자주 봤다니 어떻게 생겼는지 잘 알겠군."

"그럴걸요. 꼬리를 입에 물고 온몸에 빵가루를 뒤집어쓴 모습이었어요." 앨리스가 조심스럽게 대답했다.

"빵가루 얘기는 틀렸어. 바다에 들어가면 빵가루는 모두 씻기니까. 하지만 꼬리를 물고 있는 건 맞아. 그 이유는 말이지……." 이 대목에서 가짜 거북은 하품을 하더니 눈을 감았다. "그 이유와 나머지 이야기는 네가 해줘." 가짜 거북이 그리핀에게 말했다.

"그 이유는 말이야. 그들이 바닷가재와 함께 춤췄기 때문이야. 바닷가재와 춤을 추다 바다로 멀리 던져지는데 아주 멀리 가서 떨어지기 때문에 꼬리를 입에 물고 있었던 거야. 그리고 그 꼬리를 다시 빼낼 수 없었지. 그게 다야." 그리핀이 말했다.

"고맙습니다. 정말 재미있어요. 대구에 대해서 이 정도로 많이 알지는 못했어요."

"원한다면 더 이야기해줄 수도 있어. 대구를 왜 대구라고 부르는지 알아?"

"그 생각은 한 번도 안 해봤어요. 왜 그래요?"

"장화와 구두를 그렇게 하니까." 그리핀이 아주 진지하게 대답했다.

앨리스는 몹시 어리둥절해졌다. "장화와 구두를 그렇게 하다니요?" 앨리스는 이상하다는 듯이 말을 따라했다.

"자, 네 구두는 뭘로 그렇게 하지? 그러니까 뭘로 그렇게 광을 내냐는 말이야." 그리핀이 물었다.

앨리스는 구두를 내려다보며 잠시 생각하고 나서 대답했다. "검정 구두약으로 광을 낼걸요."

"바다 속에서는 말이지." 그리핀이 낮은 목소리로 말했다. "대구로 하얗게 해서 광을 내. 이제 알겠지?"[51]

"그럼 대구는 무엇으로 만들어지는데요?" 앨리스가 호기심 가득한 말투로 물었다.

"당연히 가자미와 장어지.[52] 그런 건 새우도 알겠다." 그리핀이 약간 짜증난다는 듯이 대답했다.

---

51 '대구'를 뜻하는 'whiting'에는 '하얗게 만들기'라는 뜻도 있다.

52 'sole(가자미)'에는 '신발 밑창'이라는 뜻도 있고, 'eel(장어)'은 'heel(뒤축)'과 발음이 비슷하다.

"제가 대구라면 말이에요." 노래를 계속 생각하고 있던 앨리스가 말했다. "쇠돌고래에게 이렇게 말했을 거예요. '물러나줘. 우린 너희와 함께 하고 싶지 않아!'"

"대구는 쇠돌고래와 함께 갈 수밖에 없었어. 지혜로운 물고기라면 쇠돌고래 없이는 아무 데도 가지 않는다고."[53] 가짜 거북이 말했다.

"정말요?" 앨리스가 아주 놀란 목소리로 물었다.

"당연하지. 물고기가 내게 와서 여행을 떠날 거라고 말하면 난 '어떤 쇠돌고래와 같이 가는데?'라고 물을 거야."

"혹시 '목적'을 말하는 건가요?"

"말한 그대로의 뜻이야." 가짜 거북이 화난 목소리로 대답했다. 그러자 그리핀이 한 마디 거들었다. "이제 네 모험 이야기를 들어보자."

"제 모험 이야기를 해드리죠. 오늘 아침에 시작된 모험이에요." 앨리스가 약간 쭈뼛거리며 말했다. "어제로 돌아가서 이야기할 필요는 없어요. 그때 저는 다른 사람이었으니까요."

"전부 다 자세히 얘기해봐." 가짜 거북이 말했다.

"아니, 아니! 모험 이야기 먼저. 전부 다 자세히 얘기하려면 시간이 엄청나게 많이 걸려." 그리핀이 조바심 내며 말했다.

---

53 'porpoise(쇠돌고래)'가 'purpose(목적)'와 발음이 비슷한 것을 이용해 말장난을 했다.

그래서 앨리스는 흰 토끼를 처음 본 때부터 겪은 모험 이야기를 시작했다. 양쪽에 바짝 달라붙은 가짜 거북과 그리핀이 눈을 크게 뜨고 입도 너무 헤벌쭉 벌리고 있어서 처음에는 약간 긴장됐지만 앨리스는 이야기를 할수록 용기가 생겼다. 둘은 한 마디도 하지 않고 듣고 있다가 앨리스가 〈아버지 윌리엄이여, 당신은 노인입니다〉를 애벌레에게 읊어주었는데 말이 전혀 다르게 나왔다는 대목에 이르자 가짜 거북이 길게 숨을 내쉬며 말했다. "정말 희한하네."

"모든 것이 정말 이상해." 그리핀이 말했다.

"말이 전부 다르게 나오다니!" 가짜 거북이 생각에 잠겨 따라 말했다.

"지금 저 애가 뭔가를 외우는 걸 들어야겠어. 시작하라고 말해봐." 가짜 거북은 그리핀에게 앨리스를 지휘할 권한이 있기라도 한 듯이 그를 보며 말했다.

"일어나서 〈이것은 게으른 자의 목소리〉를 외워봐." 그리핀이 말했다.

'이 둘은 툭하면 이래라저래라 하면서 배운 걸 외워보라고 시키네! 당장이라도 학교에 가는 게 차라리 낫겠어.' 이런 생각이 들었지만 앨리스는 일어나서 시를 읊기 시작했다. 그런데 머릿속에 바닷가재 카드리유 생각이 가득해서 무슨 말을 하는지도 모른 채 아주 이상한 단어들이 나왔다.

이것은 바닷가재의 목소리. 나는 바닷가재의 선언을 들었지.
"날 너무 시커멓게 구웠으니 내 털에 설탕을 뿌리겠어."
오리가 눈꺼풀로 그러듯이 바닷가재는 코로
허리띠와 단추를 정돈하고 발가락을 바깥쪽으로 펴네.
모래가 모두 마르면 녀석은 종달새처럼 명랑해져서
경멸하는 목소리로 상어에 대해 말하겠지.
하지만 밀물이 차올라 상어가 나타나면
녀석의 목소리는 겁먹고 떨린다네.[54]

"내가 어릴 때 외우던 시와 다른데." 그리핀이 말했다.

"음, 난 처음 들어봐. 하지만 괴상하고 말도 안 되는군." 가짜 거북이 말했다.

앨리스는 아무 말도 하지 않고 두 손으로 얼굴을 가리고 앉아서 다시 정상적인 일이 일어나기는 할까 생각했다.

"시에 대한 설명을 듣고 싶은데." 가짜 거북이 말했다.

"저 애는 설명할 수 없어. 다음 구절을 외워봐." 그리핀이 다급하게 말했다.

"그런데 발가락은? 어떻게 코로 발가락을 바깥쪽으로 펼 수 있지?" 가짜 거북이 끈질기게 물었다.

---

54 이 시는 아이작 와츠의 〈게으른 자(The Sluggard)〉를 패러디한 것이다. 원래 시에서는 게으른 자의 고약한 생활방식을 보여주며 부지런해지라고 권한다.

"춤출 때 첫 번째 자세잖아요." 앨리스는 이렇게 말했지만 모든 것이 너무 혼란스러워서 다른 이야기를 하고 싶었다.

"다음 구절을 외워봐." 그리핀이 조바심을 내며 아까 한 말을 또 했다. "다음 구절은 '나는 그의 정원을 지나갔네'로 시작해."

앨리스는 완전히 틀린 단어가 나올 게 틀림없다는 걸 알면서도 거절할 용기가 나지 않아서 떨리는 목소리로 시를 외웠다.

나는 그의 정원을 지나가며 한쪽 눈으로 확인했지.
올빼미와 검은 표범이 어떻게 파이를 나누어 먹는지를.
검은 표범은 파이 껍질과 육즙과 고기를 차지했고
올빼미는 접시를 제 몫으로 차지했네.
파이를 다 해치운 올빼미는 숟가락을 선물로 챙겨도 된다는
친절한 허락을 받았고
검은 표범은 으르렁대며 나이프와 포크를 받았지.
잔치는 끝났고…….

"이걸 전부 읊는 게 무슨 소용이야?" 가짜 거북이 끼어들었다. "읊기만 했지 설명도 못 하는데? 이건 내가 지금껏 들어본 중 가장 당혹스러운 시야!"

"그래, 이제 그만하는 게 좋을 것 같아." 그리핀이 말했다. 앨리스는 그만하게 되어 무척 기뻤다.

"바닷가재 카드리유의 다른 동작을 해볼까? 아니면 가짜 거북이 노래 불러주는 게 좋아?" 그리핀이 물었다.

"아, 노래로 부탁해요. 가짜 거북이 괜찮다면요." 앨리스가 아주 간절하게 대답하자 그리핀은 약간 기분 상한 목소리로 말했다. "흠! 알 수 없는 취향이네! 저 애에게 〈거북이 수프〉를 불러줘. 그럴 거지, 친구?"

가짜 거북은 한숨을 푹 쉬더니 노래를 부르기 시작했고 가끔은 흐느끼느라 목이 메었다.

진하고 맛있는 초록색 수프가
뜨거운 그릇에서 기다리고 있구나!
이렇게 맛깔난 수프에 허리 숙이지 않을 자 누가 있으랴?
저녁의 수프, 맛있는 수프!
저녁의 수프, 맛있는 수프!
마앗이있는 수우프!
마앗이있는 수우프!
저어녁의 수우프,
맛있는, 맛있는 수프!

맛있는 수프! 누가 생선에, 사냥해 온 고기에,
이밖에 다른 음식에 신경을 쓰랴?

맛있는 수프를 조금이라도 먹기 위해

모든 걸 내어놓지 않을 자 누가 있으랴?

맛있는 수프를 조금이라도 먹기 위해!

마앗이있는 수우프!

마앗이있는 수우프!

맛있는, 마앗이있는 수프![55]

"후렴 다시!" 그리핀이 외친 말에 가짜 거북이 후렴을 반복하려던 찰나 멀리서 "재판 시작!"이라고 외치는 소리가 들렸다.

"이리 와!" 그리핀은 이렇게 외치더니 노래가 끝나기를 기다리지도 않고 앨리스의 손을 잡고 서둘러 떠났다.

"무슨 재판이에요?" 앨리스가 뛰느라 숨을 헐떡이며 물었다. 하지만 그리핀은 "이리 와!"라고 할 뿐 더 빨리 달렸다. 그러자 그들을 따라 산들바람에 실려 오던 구슬픈 노랫소리가 점점 희미해졌다.

저어녁의 수우프,

맛있는, 맛있는 수프!

---

55 이 노래는 제임스 세일러스(James M. Sayles)의 시 〈저녁 별(Stars of the Evening)〉을 패러디한 것이다. 원래 시는 저녁에 뜬 별의 아름다움을 노래한다.

누가 타르트를 훔쳤을까?
11
Alice's Adventures in Wonderland

앨리스와 그리핀이 도착해 보니 하트 왕과 왕비가 왕좌에 앉아 있고, 그 주위에 트럼프 카드 한 벌은 물론이고 온갖 작은 새와 짐승을 비롯해 엄청난 군중이 모여 있었다. 이들 앞에는 사슬에 묶인 하트 잭이 양옆에서 병사의 감시를 받으며 서 있었다. 왕 가까이에는 흰 토끼가 있었는데 한 손에는 트럼펫을, 다른 손에는 둘둘 만 양피지를 들고 있었다.

법정 한가운데는 탁자가 놓여 있고 그 위에는 타르트가 여러 개 담긴 큰 접시가 있었다. 타르트가 어찌나 먹음직해 보이는지 앨리스는 보기만 했는데도 무척 배가 고팠다. '재판이 끝난 다음에 간식으로 나눠주면 좋겠다!' 앨리스는 이렇게 생각했지만 그럴 가능성은 없어 보였기에 시간을 보내려고 주변의 모든 것을 살펴보았다.

앨리스는 법정에 가본 적이 없지만 책에서 읽은 적이 있고, 법정에서 쓰이는 명칭을 거의 다 알고 있다는 사실이 매우 기뻤다. "저 분이 판사야. 큰 가발을 쓰고 있으니까." 앨리스는 혼잣말을 했다.

그런데 판사는 왕이었다. 왕은 가발 위에 왕관을 쓰고 있었는데, 전혀 편해 보이지 않았고 어울리지도 않았다. (어떻게 이렇게 했는지 보고 싶다면 책의 맨 앞에 실린 그림을 확인하라.)

'저기는 배심원석이구나. 생물이 열두 마리 있네. 저들이 배심원들인가 보다.' 앨리스는 생각했다. (네 발 달린 동물과 새가 섞여 있어서 '생물'이라고 말할 수밖에 없었다.) 앨리스는 '배심원'이라는 말에 의기양양해져서 그 말을 두어 번 중얼거렸다. 또래 여자아이들 중 그 말의 뜻을 아는 아이가 거의 없으리라고 생각했기 때문인데 그럴 만했다. 하지만 '배심관'도 맞는 말이었다.

열두 배심원들은 모두 석판에 뭔가를 바쁘게 적고 있었다. "뭐하는 거예요? 재판이 시작되기 전이라 아직 적을 것이 없을 텐데요." 앨리스가 그리핀에게 속삭였다.

"자기 이름을 적는 거야. 재판이 끝나기 전에 자기 이름을 잊어버릴까 봐 걱정돼서 말이야." 그리핀도 속삭이며 대답했다.

"멍청이들!" 앨리스는 화난 목소리로 크게 외쳤다가 황급히

입을 다물었다. 흰 토끼가 "법정에서는 조용히 하세요!"라고 외친 데다가 왕이 떠든 사람을 찾아내려고 안경을 쓰고 열심히 주위를 살펴보았기 때문이다.

모든 배심원이 석판에 '멍청이들!'이라고 적는 것이 어깨너머에서 바로 보기라도 한 듯 잘 보였다. 심지어 그들 중 하나가 '멍청이'의 철자를 몰라 옆에 있는 생물에게 물어보는 것까지도 알 수 있었다. '재판이 끝나기도 전에 석판이 엉망진창이 되겠네!' 앨리스는 생각했다.

한 배심원의 연필에서 끽끽대는 소리가 났다. 당연하게도 이 소리를 견딜 수 없었던 앨리스는 법정을 빙 돌아 그 배심원 뒤로 간 다음 기회를 엿보다가 재빨리 연필을 빼앗았다. 어찌나 빨리 움직였는지 작고 가여운 배심원(도마뱀 빌이었다)은 무슨 일이 일어났는지 전혀 파악하지 못했다. 그래서 여기저기 연필을 찾아본 끝에 나머지는 손가락으로 적어야 했다. 그런데 손가락으로는 석판에 아무런 흔적을 남길 수가 없어서 소용이 없었다.

"전령관은 기소장을 읽어라!" 왕이 명령했다.

그러자 흰 토끼는 트럼펫을 세 번 불더니 둘둘 만 양피지를 펼쳐서 다음 내용을 읽었다.

어느 여름 날
하트 여왕은 온종일 타르트를 만들었다네.
하트 잭이 그 타르트를 훔쳐서
멀리 도망가버렸지![56]

"평결을 내려라." 왕이 배심원들에게 말했다.

"아직 아닙니다, 아직요!" 토끼가 황급히 끼어들었다. "그 전

---

56 영국 시이자 동요 〈하트 여왕(The Queen of Hearts)〉의 일부다. 전체 시는 여름날 하트 여왕이 만든 타르트를 훔쳐 간 하트 잭을 하트 왕이 잡아 와서 혼내준다는 내용이다.

에 해야 할 일들이 아주 많습니다!"

"첫 번째 증인을 불러라." 왕이 말하자 흰 토끼는 트럼펫을 세 번 불고 나서 외쳤다. "첫 번째 증인!"

첫 번째 증인은 모자장수였다. 그는 한 손에 찻잔을, 다른 한 손에 버터 바른 빵을 들었다. "이런 것들을 들고 와서 죄송합니다, 전하." 모자장수가 입을 열었다. "하지만 차를 마시던 중에 출석을 명받았습니다."

"차를 다 마시고 왔어야지. 언제부터 마시기 시작했지?" 왕이 말했다.

모자장수는 겨울잠쥐와 팔짱을 끼고 법정에 따라온 3월 토끼를 보았다. "3월 14일 같습니다." 모자장수가 말했다.

"15일이야." 3월 토끼가 말했다.

"16일인데." 겨울잠쥐도 한마디 했다.

"적어두어라." 왕이 배심원들에게 말하자 배심원들은 석판에 이 세 날짜를 모두 열심히 기록한 다음 그 숫자를 모두 더해 돈으로 환산했다.

"모자를 벗어라." 왕이 모자장수에게 명령했다.

"이건 제 모자가 아닙니다." 모자장수가 말했다.

"훔쳤단 말이냐!" 왕이 이렇게 외치며 배심원들을 보자 배심원들은 이 사실을 즉시 석판에 기록했다.

"모자는 팔려고 가지고 있습니다. 제 모자는 하나도 없습니다. 저는 모자장수니까요." 모자장수가 설명했다.

이 대목에서 왕비가 안경을 끼고 모자장수를 쳐다보자 모자장수는 얼굴이 하얗게 질려 안절부절못했다.

"증언을 하라. 긴장하지 말고. 안 그러면 바로 처형할 테니까." 왕이 말했다.

이 말은 증인에게 전혀 용기를 주지 않은 것 같았다. 모자장수는 왕비를 불안하게 바라보며 계속 발을 이리저리 움직였고 너무 당황한 나머지 버터 바른 빵이 아닌 찻잔을 크게 한 입 깨물었다.

바로 이때 앨리스는 아주 이상한 기분이 들었는데, 무슨 일이 일어나는지 알게 되자 무척 어리둥절했다. 앨리스는 다시 커지고 있었다. 처음에는 일어나 법정에서 나가야겠다고 생각했지만 다시 생각하고 나서는 공간이 허락하는 한 남아 있기로 했다.

"너무 그렇게 밀치지 않았으면 해. 숨을 못 쉴 지경이야." 앨리스 옆에 앉아 있던 겨울잠쥐가 말했다.

"저도 어쩔 수 없어요. 계속 커지고 있는걸요." 앨리스가 조용히 말했다.

"넌 여기에서 자랄 권리가 없어." 겨울잠쥐가 말했다.

"말도 안 되는 소리 하지 마세요. 아저씨도 계속 자라고 있잖아요." 앨리스가 용감하게 말했다.

"그래, 하지만 난 적당한 속도로 자라고 있지. 그렇게 우스운 방식이 아니라." 겨울잠쥐는 이렇게 말하고 아주 뿌루퉁한 표정으로 벌떡 일어나 법정 맞은편으로 건너갔다.

왕비는 내내 모자장수에게서 시선을 떼지 않았고 겨울잠쥐가 법정을 건너가던 바로 그때 법정 직원에게 말했다. "지난번 음악회에서 노래한 가수들 명단을 가져와!" 이 말을 들은 불쌍한 모자장수는 어찌나 몸을 심하게 떨었는지 신발이 두 짝 다 벗겨졌다.

"증언을 하라. 안 그러면 벌벌 떨든 말든 처형하겠다." 왕이 화난 목소리로 다시 말했다.

"전하, 저는 불쌍한 놈입니다." 모자장수가 떨리는 목소리로 말문을 열었다. "저는 차를 입에 대지도 못했습니다. 일주일도 넘게 말입니다. 버터 바른 빵은 무엇 때문에 이렇게 얄팍해졌으며…… 차의 반짝거림은……."

"뭐가 반짝거린다고?" 왕이 물었다.

"이게 다 차로 시작되었습니다." 모자장수가 대답했다.

"당연히 반짝거린다는 말은 't'로 시작하지!"[57] 왕이 쏘아붙였다. "내가 바보인 줄 알아? 계속해!"

"저는 불쌍한 놈입니다." 모자장수가 말을 이었다. "그 뒤로

---

57 왕은 모자장수의 '차(tea)'라는 말을 같은 발음의 알파벳 't'로 이해했다. '반짝이다'는 'twinkle'이다.

거의 모든 것들이 반짝거렸습니다. 3월 토끼가 말하기를……."

"난 말 안 했어!" 3월 토끼가 매우 다급하게 끼어들었다.

"했어!" 모자장수가 말했다.

"사실이 아닙니다!" 3월 토끼가 말했다.

"사실이 아니라는구나. 그 부분은 넘어가." 왕이 말했다.

"음, 하여튼 겨울잠쥐 말에 따르면……." 모자장수는 이렇게 말하며 겨울잠쥐도 사실이 아니라고 할지 살펴보려고 불안한 듯 두리번거렸다. 하지만 겨울잠쥐는 깊이 잠들어 있었기 때문에 아무것도 부인하지 않았다.

"그 뒤로 말입니다." 모자장수가 계속 말했다. "저는 버터 바른 빵을 좀 더 썰었고……."

"그런데 겨울잠쥐는 무슨 말을 했습니까?" 배심원 하나가 물었다.

"그건 기억이 안 납니다." 모자장수가 말했다.

"기억해내야 한다. 안 그러면 널 처형할 테니까." 왕이 말했다.

가여운 모자장수는 찻잔과 버터 바른 빵을 떨어뜨리고 무릎을 꿇었다. "전하, 저는 불쌍한 놈입니다."

"넌 정말 말재주가 없구나." 왕이 말했다.

이 대목에서 기니피그 한 마리가 환호하자 법정 직원들이 즉각 진압했다. ('진압'이라는 말이 약간 어려우니 어떻게 했는지 설명하자면, 직원들은 입구를 끈으로 조일 수 있는 큰 자루를 가져와 그 안에 기니피그를 머리부터 넣은 다음 그 위에 앉았다.)

'이 장면을 보게 되어서 기뻐. 재판이 끝날 무렵에 "박수를 치려는 이들이 있었으나 법정 직원들이 즉각 제지했다"는 내용을 신문에서 자주 읽었는데 이제야 그게 무슨 말인지 이해할 수 있게 되었어.' 앨리스는 생각했다.

"네가 아는 게 그게 전부라면 내려가서 서도 좋다." 왕이 말했다.

"더 내려갈 곳이 없습니다. 지금 바닥에 서 있는걸요." 모자장수가 말했다.

"그럼 앉아도 좋다."

이때 다른 기니피그가 환호하고 곧바로 진압당했다.

'기니피그는 다 나갔네! 이제 더 순조롭게 진행되겠어.' 앨리스는 생각했다.

"저는 차를 끝까지 마시고 싶습니다." 모자장수가 가수 명단을 살펴보는 왕비를 불안하게 바라보며 말했다.

"너는 가도 된다." 왕이 말하자 모자장수는 신발도 신지 않고 서둘러 법정을 떠났다.

"그리고 밖에서 저놈 목을 쳐라." 왕비가 법정 직원에게 말했다. 하지만 직원이 문에 도착하기도 전에 모자장수의 모습은

보이지 않았다.

"다음 증인을 불러라!" 왕이 말했다.

다음 증인은 공작부인의 요리사였다. 요리사는 후추상자를 들고 있었는데, 앨리스는 증인이 법정으로 들어오기도 전에 요리사라고 짐작했다. 문 가까이에 있던 사람들이 한꺼번에 재채기를 시작했기 때문이다.

"증언을 하라." 왕이 말했다.

"하지 않겠습니다." 요리사가 말했다.

왕이 근심 어린 표정으로 흰 토끼를 보자 토끼가 낮은 목소리로 말했다. "전하, 이 증인에게 반드시 반대심문을 하셔야 합니다."

"음, 해야 한다면 해야지." 왕은 울적하게 말하더니 팔짱을 끼고 눈이 보이지 않을 정도로 미간을 찡그리며 요리사를 보다가 낮은 목소리로 물었다. "타르트는 무엇으로 만들지?"

"후추가 주재료입니다." 요리사가 대답했다.

"당밀이잖아." 요리사 뒤에서 졸린 목소리가 말했다.

"겨울잠쥐를 체포하라!" 왕비가 빽 소리 질렀다. "겨울잠쥐의 목을 베어라! 저 겨울잠쥐를 법정에서 끌어내라! 진압하라! 꼬집어라! 수염을 뽑아라!"

한동안 법정은 겨울잠쥐를 끌어내느라 혼란의 도가니였고 모두 다시 진정되었을 때 요리사는 사라지고 없었다.

"괜찮아!" 왕은 정말 다행이라는 듯이 말했다. "다음 증인을 불러라." 그리고 왕은 왕비에게 낮은 목소리로 말했다. "왕비, 다음 증인은 당신이 반대심문을 해야겠구려. 나는 머리가 너무 아파서!"

앨리스는 다음 증인은 누구일지 무척 궁금해하며 명단을 더듬더듬 훑어보는 흰 토끼를 지켜보았다. "아직까지 이렇다 할 증언은 못 들었는데." 앨리스가 중얼거렸다. 그러니 흰 토끼가 작고 날카로운 목소리를 한껏 높여 "앨리스!"라고 이름을 불렀을 때 앨리스가 얼마나 놀랐을지 상상해보라.

앨리스의 증언
12
Alice's Adventures in Wonderland

“네!” 앨리스가 외쳤다. 너무 당황한 나머지 몇 분 사이에 자신이 얼마나 커졌는지 잊어버린 채 급하게 벌떡 일어나는 바람에 배심원석이 치마 끝자락에 걸려 뒤집혔고 배심원들이 모두 아래쪽 청중의 머리 위로 엎어졌다. 여기저기 쓰러져 있는 배심원들을 보자 앨리스는 지난주에 실수로 엎은 어항 속 금붕어가 떠올랐다.

“아, 죄송합니다!” 앨리스는 허둥지둥 외치고는 최대한 빨리 배심원들을 집어 일으켰다. 금붕어 사건이 머릿속에서 떠나지 않았기 때문에 얼른 모아 배심원석에 다시 앉히지 않으면 죽고 말 것이라는 생각이 어렴풋하게 들었다.

“배심원들이 모두 제자리로 돌아갈 때까지는 재판을 계속할

수 없군." 왕이 아주 심각한 목소리로 말했다. "전부 말이야." 왕은 다시 한 번 힘주어 말하며 앨리스를 노려보았다.

앨리스는 배심원석을 보았고 급하게 상황을 수습하느라 도마뱀을 거꾸로 놓았다는 것을 알게 되었다. 불쌍한 도마뱀은 움직이지도 못한 채 꼬리만 힘없이 흔들고 있었다. 앨리스는 재빨리 도마뱀을 다시 꺼내 똑바로 놓았다. 그리고 작은 소리로 중얼거렸다. "중요한 일도 아닌데. 똑바로 있든 거꾸로 있든 재판에 별 도움이 안 될 것 같은데."

배심원단은 엎어진 충격에서 어느 정도 회복하고 석판과 연필을 되찾아 손에 쥐자마자 사고 경과를 아주 부지런히 써내려가기 시작했다. 도마뱀은 예외였는데 충격이 너무 큰 나머지 입을 벌리고 앉아 멍하니 법정 지붕을 바라보는 것밖에 할 수 없는 것 같았다.

"너는 이 일에 대해 뭘 알고 있지?" 왕이 앨리스에게 물었다.

"아무것도 몰라요." 앨리스가 대답했다.

"아무것도 모른다고? 전혀?" 왕이 집요하게 물었다.

"전혀, 아무것도요." 앨리스가 말했다.

"그건 아주 중요해." 왕이 배심원단을 바라보며 말했다. 그들이 이 말을 석판에 적으려는 찰나 흰 토끼가 끼어들었다. "전하, 물론 중요하지 않다는 뜻으로 하신 말씀이겠지요." 토끼는 아주 정중하게 말했지만 왕을 향해 인상을 쓰고 얼굴을 찡그렸다.

"당연히 중요하지 않다는 뜻이지." 왕은 황급히 말하더니 어떤 단어가 듣기에 더 나은지 알아보려는 듯이 낮은 목소리로 중얼거렸다. "중요하다, 중요하지 않다, 중요하다, 중요하지 않다."

배심원들 중에는 '중요하다'라고 적은 이들도 있고 '중요하지 않다'라고 적은 이들도 있었다. 앨리스는 석판을 넘겨다볼 수 있을 정도로 가까이 있었기 때문에 이들이 적은 내용이 보였다. '하지만 어느 쪽이든 전혀 상관없어.' 앨리스는 생각했다.

이때 잠시 자기 공책에 뭔가를 바쁘게 적던 왕이 외쳤다. "조용히!" 그러더니 공책의 내용을 읽었다. "규칙 42번. 키가 1,600미터가 넘는 사람은 누구든 법정에서 나가야 한다."

그러자 모두 앨리스를 쳐다보았다.

"제 키는 1,600미터가 안 되는데요." 앨리스가 말했다.

"넘어." 왕이 말했다.

"3,200미터 가까이 될걸." 왕비가 거들었다.

"음, 어쨌든 저는 나가지 않을 거예요. 게다가 원래 있던 규칙이 아니라 방금 만들어낸 거잖아요."

"이 공책에 쓰인 것 중 가장 오래된 규칙이야." 왕이 말했다.

"그럼 그 규칙이 1번이어야 하잖아요." 앨리스가 말했다.

왕은 얼굴이 하얗게 질리더니 공책을 다급하게 덮었다. "어서 평결을 내려라." 왕이 낮고 떨리는 목소리로 배심원들에게 말했다.

"전하, 아직 나올 증거가 더 있습니다. 방금 이 종이를 주웠습니다." 흰 토끼가 황급히 뛰어오며 말했다.

"뭐라고 쓰여 있지?" 왕비가 물었다.

"아직 펼쳐 보지 않았습니다만, 죄인이 누군가에게 쓴 편지 같습니다." 흰 토끼가 말했다.

"그야 당연하겠지. 누군가(somebody)에게 쓴 게 아니라 아무에게도 안 쓴(nobody) 편지는 흔하지 않으니까." 왕이 말했다.

"받는 사람이 누굽니까?" 배심원 하나가 물었다.

"받는 사람이 없어요. 사실, 겉에는 아무것도 안 쓰여 있어요." 토끼는 이렇게 말하면서 종이를 펼쳤다. "편지가 아니라

시가 적혀 있네요."

"죄수의 글씨체로 적혀 있습니까?" 다른 배심원이 물었다.

"아니요. 그것이 가장 이상한 점입니다." 흰 토끼가 대답했다. (배심원들은 모두 어리둥절한 표정이었다.)

"누군가의 글씨체를 흉내 냈겠지." 왕이 말했다. (배심원들의 표정이 다시 모두 밝아졌다.)

"전하, 저는 그 시를 쓰지 않았고 제가 썼다는 걸 증명할 수도 없습니다. 끝에 서명도 없고요." 하트 잭이 말했다.

"일부러 서명을 하지 않은 것이라면 상황이 더 안 좋아질 뿐이야. 나쁜 짓을 할 생각이었던 게 분명하군. 그게 아니라면 여느 정직한 사람처럼 서명을 했을 테니까." 왕이 이렇게 말하자, 다들 박수를 쳤다. 그 날 왕이 처음으로 한 똑똑한 말이었다.

"이로써 유죄가 증명되었군." 왕비가 말했다.

"그건 아무것도 증명하지 않아요! 시가 무슨 내용인지도 모르잖아요!" 앨리스가 말했다.

"시를 읽어보아라." 왕이 말했다.

흰 토끼가 안경을 쓰고 물었다. "전하, 어디에서부터 읽을까요?"

"처음부터 읽어라. 그리고 끝까지 읽은 다음에 멈춰라." 왕이 근엄하게 말했다.

흰 토끼가 읽은 시는 다음과 같았다.

그들이 말했네. 당신이 그녀에게 갔고
그에게 내 이야기를 했다고.
그녀는 날 칭찬했지만
내가 수영을 못 한다고 말했지.

그는 그들에게 내가 가지 않았다고 말했지.
(우리는 이 말이 사실이라는 걸 알고 있다네.)
그녀가 밀어붙이면
당신은 어떻게 되는 거지?

나는 그녀에게 하나를 주었고, 그들은 그에게 둘을 주었지.
당신은 우리에게 셋보다 많이 주었다네.
그것들은 모두 그에게서 당신에게 돌아갔지.
전에는 내 것이었는데.

나나 그녀가 어쩌다가 이 일에 휘말린다면
그는 당신이 그들을 자유롭게 해주리라 믿겠지.
우리가 전에 그랬던 것처럼.

내 생각에 당신은
그와 우리 자신과 그것 사이를 막는 장애물이었어.

(그녀가 이렇게 격분하기 전에 말이야.)

그녀가 그들을 가장 좋아한다는 걸 그에게 알리지 마.
이 일은 영원히 비밀이어야 하니까.
당신과 나만 빼고
다른 이들은 몰라야 하는.[58]

"지금까지 들은 것 중 가장 중요한 증거야. 그러니 이제 배심원들은……." 왕이 손을 비비며 말했다.

"누구라도 이 시의 뜻을 설명할 수 있다면 말이에요. (앨리스는 몇 분 사이에 덩치가 엄청나게 커져서 왕이 말할 때 끼어드는 일이 조금도 두렵지 않았다.) 그에게 6페니를 주겠어요. 저는 이 시에 티끌만큼의 의미도 없다고 생각해요."

배심원들은 모두 석판에 '여자애는 시에 티끌만큼의 의미도 없다고 생각한다'라고 적기만 할 뿐 아무도 내용을 설명하려 들지 않았다.

"이 시에 아무런 뜻이 없다면 엄청난 수고를 덜게 되는 셈이지. 의미를 찾으려고 애쓸 필요가 없으니까. 하지만 모를 일이

---

58 이 시는 윌리엄 미(William Mee)의 〈앨리스 그레이(Alice Gray)〉를 패러디한 것이다. 원작은 다른 남자를 좋아하는 앨리스 그레이를 향한 사랑을 그리고 있지만, 패러디한 시는 대명사를 마구 섞어 사용했고 의미를 알 수 없다.

야.” 왕은 무릎에 시를 펴놓고 한쪽 눈으로 살펴보며 말을 이었다. “내가 보기에는 의미가 있는 것 같아. ‘내가 수영을 못한다고 말했지.’ 이 부분 말이야. 넌 수영을 못하지, 그렇지?” 왕이 하트 잭에게 물었다.

하트 잭은 슬프게 고개를 끄덕였다. “할 수 있어 보입니까?” (온몸이 마분지로 만들어졌으니 못하는 게 당연했다.)

“지금까지는 좋아.” 왕은 이렇게 말하더니 중얼대며 시를 읽었다. “‘우리는 이 말이 사실이라는 걸 알고 있다네.’ 이 대목은 당연히 배심원들을 말하는 거고. ‘나는 그녀에게 하나를 주었고, 그들은 그에게 둘을 주었지.’ 이 대목은 저놈이 타르트를 어떻게 했는지에 대한 얘기야.”

“하지만 ‘그것들은 모두 그에게서 당신에게 돌아갔지’라는 대목도 있잖아요.” 앨리스가 말했다.

“저기 있군!” 왕이 탁자 위의 타르트를 가리키며 의기양양하게 말했다. “저것보다 더 분명한 증거는 없어.” 왕은 다시 시를 읊었다. “‘그녀가 이렇게 격분하기 전에 말이야.’ 왕비, 당신은 격분한 적이 없지 않소?” 왕이 왕비에게 물었다.

“없어요!” 왕비는 잔뜩 화가 나서 말하면서 도마뱀을 향해 잉크스탠드를 던졌다. (운 나쁘고 불쌍한 빌은 손가락 하나로 석판에 적는 걸 중단하고 있다가 얼굴에 흘러내리는 잉크가 마를 때까지 그 잉크를 찍어 황급히 다시 적기 시작했다.)

"그럼 '격분'이라는 말은 당신에게 '맞지' 않는군."[59] 왕은 미소 띤 얼굴로 법정을 둘러보며 말했다. 모두 쥐 죽은 듯이 조용했다.

"이건 말장난이야!" 왕이 기분 나쁘다는 듯이 덧붙이자 모두 웃음을 터뜨렸다. "배심원들은 평결을 내리도록." 왕은 그 날 약 스무 번째로 이렇게 말했다.

"안 돼, 안 돼!" 왕비가 외쳤다. "선고를 먼저 하고 평결을 나중에 내려야 해."

"말도 안 돼요! 선고를 먼저 내리다니요!" 앨리스가 큰 소리로 말했다

"입 다물지 못할까!" 왕비가 하얗게 질린 얼굴로 말했다.

"싫어요!" 앨리스가 말했다.

"저 애의 목을 쳐라!" 왕비가 목청껏 소리 질렀다. 하지만 아무도 움직이지 않았다.

"당신들한테 눈 하나 깜짝할 줄 알아요?" 앨리스가 말했다. (이때쯤 앨리스는 원래 크기만큼 커져 있었다.) "당신들은 트럼프 카드일 뿐인걸요!"

이 말에 카드 한 벌이 모두 날아올라 앨리스를 덮쳤다. 앨리스는 놀라기도 하고 화도 나서 외마디 비명을 지르며 카드를

---

59 'fit'의 두 가지 뜻 '격분'과 '맞다'를 이용해 말장난을 했다.

물리치려 했다. 그런데 그때 앨리스는 자신이 둑에서 언니의 무릎을 베고 누워 있다는 사실을 깨달았다. 언니는 앨리스의 얼굴에 떨어진 낙엽을 가만히 치워주고 있었다.

"앨리스, 일어나! 무슨 잠을 이렇게 오래 자!" 언니가 말했다.

"아, 정말 이상한 꿈을 꿨어!" 앨리스는 여러분이 방금 읽은 갖가지 신기한 모험에 대해 기억나는 모든 것을 언니에게 이야기했다. 앨리스가 이야기를 마치자 언니는 앨리스에게 입을 맞추고 말했다. "정말 이상한 꿈이네. 하지만 이제 차 마시러 뛰어가야 해. 이러다 늦겠어." 그래서 앨리스는 일어나서 달렸다. 뛰어가면서 정말 근사한 꿈이라고 생각했다.

하지만 언니는 앨리스가 달려간 뒤에도 가만히 앉아서 한 손으로 턱을 괴고 저무는 해를 바라보며 동생 앨리스와 앨리스의 멋진 꿈을 생각했다. 그러다가 어렴풋이 꿈을 꾸게 되었는데 그 내용은 다음과 같았다.

가장 먼저 꾼 꿈은 동생 앨리스에 관한 것이었다. 이번에도 앨리스는 작은 손으로 언니의 무릎을 끌어안고 반짝이는 눈동자로 언니의 눈을 바라보고 있었다. 앨리스의 목소리가 들렸고, 항상 흘러내려 눈을 찌르는 머리카락을 뒤로 넘기려고 머리를 희한하게 살짝 젖히는 모습도 보였다. 그리고 주변의 모든 것들이 앨리스의 꿈에 나온 이상한 생명체로 되살아나는 소리가 들렸다. 아니 들리는 것 같았다.

흰 토끼가 급히 지나가자 발치의 긴 풀이 바스락대는 소리가 들렸고 겁에 질린 생쥐는 옆에 있는 웅덩이로 뛰어들어 헤엄쳤다. 3월 토끼와 친구들이 끝나지 않는 다과회를 하느라 찻잔 달그락거리는 소리도 들렸고, 운 나쁜 손님들에게 처형을 명령하는 왕비의 날카로운 목소리도 들렸다. 접시와 그릇이 사방에서 깨지는 가운데 아기돼지가 공작부인의 무릎에서 재채기하는 소리, 그리핀의 외침, 도마뱀이 석판에 기록할 때 연필에서 나던 끽끽 소리, 진압당한 기니피그가 숨이 막혀 캑캑대는 소리가 다시 한번 허공에 가득했고 멀리서 가여운 가짜 거북이 흐느끼는 소리가 섞여 들렸다.

그렇게 언니는 눈을 감고 앉아 자신이 이상한 나라에 있다고 어느 정도 믿었다. 하지만 다시 눈을 뜰 수밖에 없고 그러면 모든 것이 지루한 현실로 바뀌리라는 것을 알고 있었다. 풀이 바스락대는 소리는 바람 때문이고 웅덩이에 이는 잔물결은 흔들리는 갈대 때문이고 찻잔 달그락대는 소리는 짤랑대는 양들의 방울 소리일 뿐일 테지. 왕비가 날카롭게 외치는 소리는 목동의 목소리이고 그리핀의 외침은 아기의 재채기 소리겠지. 온갖 이상한 소리들은 분주한 농장 마당에서 뒤섞여 들리는 떠들썩한 소리로 바뀔 것이다. (언니는 이를 알고 있었다.) 한편 가짜 거북의 괴로움에 찬 흐느낌은 멀리서 들려오는 소 울음소리로 바뀔 것이다.

마지막으로 언니는 동생 앨리스가 시간이 지나 어른이 된 모습을 상상해보았다. 어른이 되어서도 어린 시절의 꾸밈없고 애정 어린 마음을 간직한 모습을, 아이들을 불러 모아 오래전 이상한 나라에 대한 꿈 이야기가 포함되었을지 모를 갖가지 신기한 이야기를 열심히 해주며 아이들의 눈을 반짝거리게 하는 모습을, 자신의 어린 시절과 행복한 여름날을 떠올리며 아이들의 순진한 슬픔에 공감하고 그들의 소박한 즐거움에서 기쁨을 찾는 앨리스의 모습을 그려보았다.

작가 소개

《이상한 나라의 앨리스》의 저자 루이스 캐럴의 본명은 찰스 럿위지 도지슨(Charles Ludwidge Dodgson, 1832~1898)이다. 그가 루이스 캐럴이라는 필명으로 책을 출간하고 여러 작품을 발표한 이유는, 익명성을 유지함으로써 자신의 시와 산문에 대한 모든 비평에서 상대적으로 자유로울 수 있었기 때문이다. 그의 필명 '루이스 캐럴'은 본명을 라틴어 '카롤루스 로도비쿠스(Carolus Lodovicus)'로 바꾼 다음 이를 다시 영어식으로 표기한 것으로, 그가 언어유희를 얼마나 좋아했는지 잘 보여준다.

루이스 캐럴은 아버지가 성공회 사제였기 때문에 영국 체셔(Cheshire)주의 사제관에서 태어났고, 빅토리아 여왕(Queen Victoria)이 재위한 지 4년째이던 열한 살 때 가족이 요크셔(Yorkshire)주로 이사 갔다.

루이스 캐럴은 형제자매와 함께 집에서 교육받았는데, 이는 사회성을 기르는 데 좋지 않은 영향을 끼칠 수밖에 없었고 모두 말까지 더듬게 되었다. 그 결과 이때 형성된 자기의식이 루이스 캐럴을 평생 지배하며 영향을 미쳤다.

루이스 캐럴은 요크셔주 리치먼드(Richmond)에서 2년 동안 학교에 다녔고 열네 살에 럭비 스쿨(Rugby School)에 입학했다. 아버지를 닮아 수학자의 자질을 보였고 옥스퍼드대학교(Oxford University)에 진학해서도 학문적인 성과를 거두었다. 결국 교수직까지 얻게 되었고 덕분에 수년 동안 경제적으로 풍족하게 살 수 있었다.

아버지의 뒤를 이어 사제가 되기로 결심한 그는 옥스퍼드 크라이스트처치(Christ Church)에서 성공회 부제서품을 받았으나 신앙생활은 힘겨웠다. 문학 작품에도 드러나듯이 그는 뼛속까지 자유주의자였다.

루이스 캐럴은 말을 더듬었을 뿐만 아니라 (스스로는 이를 '머뭇거린다'고 칭했다) 어린 시절에 앓은 병 때문에 한쪽 귀가 들리지 않았고 폐도 좋지 않았다. 이러한 정신적, 신체적 약점이 작가로 성공하여 사회적으로 중요한 사람이 되고 싶다는 욕구를 자극했는지도 모른다.

언제나 단편 소설을 쓰고 직접 삽화를 그리던 루이스 캐럴은 창의력을 표출하기 위한 수단으로 1855년에 직접 잡지를 발행했다. 《미슈마슈(Mischmasch)》('mishmash(뒤죽박죽)'의 독일어)

잡지는 제목에 걸맞게 그의 가족을 즐겁게 해줄 여러 아이디어들이 뒤죽박죽 섞여 있었다. 그 후 1856년에는 《더 트레인(The Train: A First-Class Magazine)》 잡지에 공식적으로 작품을 발표할 기회가 생겼고, 짧은 기간 동안 발행한 이 월간지에 글을 실으면서 루이스 캐럴이라는 필명을 만들게 되었다.

이 무렵 루이스 캐럴은 동료 헨리 리델과 그의 자녀들과 가까워졌는데, 어린 아이들과 함께 있을 때는 주눅 들지 않아서 자신이 말을 더듬는다는 사실을 덜 의식했을 것으로 보인다. 루이스 캐럴은 리델의 아들과 세 딸을 아주 좋아하게 되었고 아이들은 그가 상상해서 지어낸 이야기들을 잘 들어주었다. 전하는 이야기에 따르면 어느 날 루이스 캐럴은 뱃놀이를 하는 동안 리델의 세 딸 로리나, 앨리스, 에디트에게 《이상한 나라의 앨리스》의 토대가 된 이야기를 해주었고, 앨리스가 이 모험 이야기를 신문에 기고하라고 권했다. 이후 루이스 캐럴이 마음에 드는 원고를 완성해 투고하기까지는 3년이 걸렸고 마침내 1865년에 책이 출간되었다.

이 책은 빅토리아 시대 사회 대중의 상상력을 이내 사로잡아 출판계에 돌풍을 일으켰다. 그동안 절판된 적이 단 한 번도 없으며 거의 모든 언어로 번역되어 세계적인 인기를 끌었다.

1871년 루이스 캐럴은 새로운 앨리스 이야기인 《거울 나라의 앨리스》를 내놓았다. 이 책도 앨리스 리델과 나눈 대화에서 영감을 얻은 것이 분명해 보인다. 두 사람은 거울에 반영된 세계로 들어가면 어떨지 이야기를 나누었다. 이 두 번째 책 역시 모든 면에서 첫 번째 책만큼이나 성공을 거두었다.

빅토리아 시대

루이스 캐럴이 살았던 빅토리아 시대에는 모순이 존재했다. 한편으로는 보수적이고 격식을 중요시하는 반면, 다른 한편으로는 진보적이고 역동적이었다. 1859년 찰스 다윈은《종의 기원》을 발표하여 자연 선택에 따른 생물의 진화론을 주장했다. 이로 인해 지금도 유명한 과학계와 신학계 간의 논쟁이 수없이 발생했다. 하지만 이 덕분에 사람들은 틀에서 벗어나 수평적으로 생각할 수 있게 되었다.《종의 기원》을 통해 기존 개념이 더 이상 적합하거나 옳지 않을 수 있다는 것을 알게 되었기 때문이다.

루이스 캐럴은 원래 창의적인 사람이어서 이처럼 혁신적인 상황이 도래하자 상상력을 자극받았고, 이는 멋진 아이디어로 이어져《이상한 나라의 앨리스》가 탄생하게 되었다. 그는 리델가 아이들을 시험 대상으로 삼아 풍부한 상상력을 갈고 닦았고, 남녀노소 모두 좋아하는 글을 쓰는 자질을 개발했다.

앨리스에 관한 두 작품은 난센스 문학(literary nonsense)으로 설명할 수 있다. 루이스 캐럴은 생각이 이끄는 대로 어디든지

갈 수 있다는 창의적인 발상을 맨 처음 한 작가다. 그 덕분에 의인화된 동물들과 성격이 과장된 이상한 인물들이 등장하는 말도 안 되는 세계로 들어가는 이야기를 만들어낼 수 있었다. 그러면서도 이야기 전체에서 논리, 추론, 복잡하고 어려운 철학적 문제를 다루어 언뜻 보았을 때보다 훨씬 심오한 내용을 담은 책이 되었다.

빅토리아 여왕도 루이스 캐럴의 작품을 좋아했는데, 이를 통해 여왕은 물론이고 빅토리아 시대의 많은 사람들이 삶에 난센스, 곧 이치에 맞지 않거나 평범하지 않은 요소를 더해주는 사고방식에 개방적이었음을 알 수 있다. 이처럼 난센스가 환영받은 이유는 다른 면에서 시대를 대표하던 엄격한 금욕주의의 무게감을 덜어내 균형을 맞춰주었기 때문인 듯하다.

루이스 캐럴의 작품은 신인 작가들의 벤치마킹 대상이기도 했다. 난센스 문학은 하나의 장르가 되었고, 마치 환각제를 복용한 듯이 '이상한 나라'라는 꿈같은 곳을 마법처럼 불러내 잠재의식을 깊이 파헤친 루이스 캐럴의 능력은 후대의 많은 작가에게 영감을 주었다. 실제로 루이스 캐럴은 문학이란 그림이나 조각과 마찬가지로 진정한 예술이며 그 안에서 말하는 소위 규칙은 창의적인 과정을 통해 시험하고 다시 정립되기 위해 존재한다는 것을 깨달았다.

덧붙여 말하면 루이스 캐럴은 실제로 환각제를 복용했을 가능성이 높다. 약물이 불법화되기 오래전이기 때문에 빅토리아 시대의 런던에는 아편굴이 있었다. 이뿐만 아니라 실로시빈 버섯을 먹으면 환각 작용이 일어난다고 알려지기도 했다. 책에서 작아진 앨리스가 애벌레를 만나게 되는데, 이 애벌레는 버섯에 기대 물담배를 피우고 있었다. 앨리스가 버섯을 조금 먹자 처음 줄어든 것보다 더 작아지기도 하고 원래 크기로 돌아오기도 했다. 이런 아이디어는 분명 약물과 관련되어 보인다.

이 책의 주제

《이상한 나라의 앨리스》를 읽으면 행간에 숨은 많은 뜻을 알아차릴 수밖에 없을 것이다. 다시 말해 독자들은 루이스 캐럴이 작품을 통해 표현하고자 한 숨은 뜻과 의도, 풍자를 찾게 된다. 그럼에도 이 책은 보이는 그대로의 난센스 문학으로 받아들이는 편이 더 타당해 보인다. 《이상한 나라의 앨리스》는 상상력에서 탄생한 가능성을 탐구하는 작품이다.

루이스 캐럴이 빅토리아 시대 사회를 비평하고 싶은 마음을 품은 것 같지는 않다. 물론 그의 문학 작품에 등장하는 인물들이 대부분 친구들을 모델로 했다고 알려졌지만 어떤 식으로든 그들을 풍자하기 위해서라기보다 그저 인물을 만들고 발전시키는 데 도움을 얻고자 했을 것이다. 마음 깊이 인본주의자인 그는 단지 친구들의 독특한 성격이나 기이한 버릇이 재미있다고 생각하고 이를 좋아했기 때문에 그들을 모델로 삼았다.

이처럼 다양한 인간 유형의 핵심을 명확하고 단순하게 표현한 것이 작품의 인기 요인일 것이다. 주변에서 친숙하게 볼 수 있는 유형이 작품에 등장함으로써 독자들이 자신은 물론이고 아는 사람들에게서 등장인물의 특성을 발견할 수 있기 때문이다. 이뿐만 아니라 등장인물들이 지닌 특성은 매우 보편적이라서 세계 어디에나 존재한다. 이를테면 앨리스는 호기심 많고 순진한 매력적인 소녀이고 흰 토끼는 신경이 과민한 직원이며 애벌레는 느긋한 예술가를 대변하는 식이다.

박지선

• 참고 문헌

Martin Gardner, 《The Annotated Alice》 (W. W. Norton & Company, 1999)

이강훈, 《이상한 나라의 앨리스》 연구 (동문선, 2010)

루이스 캐럴 연보

1832년 1월 27일 영국 체셔 데어스베리에서 아버지 찰스 도지슨과 어머니 제인 루트위지 사이에서 셋째 아들로 태어났다. 본명은 찰스 루트위지 도지슨(Charles Lutwidge Dodgson)이다. 성공회의 지역 교구 주임 사제였던 아버지 때문에 16년 동안 사제 사택에서 생활했다. 광활한 밀밭이 있는 시골에서 유년기를 보내며 일곱 살에 《천로역정》을 읽었고 열두 살 때까지 아버지에게 라틴어를 배웠다.

1843년 아버지가 요크셔 크로프트의 주임 사제로 임명을 받았다. 아버지를 따라 가족 모두가 크로프트의 사제 사택으로 이사를 했다.

1844년 크로프트 근교의 리치먼드 문법 학교와 럭비 스쿨을 다녔다. 방학은 대부분 크로프트에서 보냈다. 방학 동안 형제자매들을 위해 가족 잡지 연작물을 만들기도 했다. 수줍음이 많고 감수성이 풍부했던 캐럴은 당시 이미 재능 있는 학자의 면모를 갖추었다.

1849년 럭비 스쿨을 졸업했다. 훗날 럭비 스쿨 생활을 '악몽'이었다고 회상했다. 이 무렵 백일해를 앓은 캐럴은 오른쪽 귀의 청력에 이상이 생겨 말을 더듬는 버릇이 생겼다.

1851년 옥스퍼드대학교의 크라이스트처치칼리지에 입학하자마자 어머니의 갑작스러운 부음을 듣고 크로프트에 돌아와 장례식을 치렀다. 당시 어머니의 나이는 마흔일곱이었고, 어머니의 죽음은 캐럴에게 행복한 시절의 마감을 뜻했다. 크라이스트처치칼리지에서는 수학, 신학, 문학을 공부했다.

1852년 헤브라이어 교수인 퍼시 박사를 통해 크라이스트처치칼리지의 장학금을 받고 연구원이 되었다. 이는 평생 대학에서 공부하며 일할 수 있다는 의미였다.

1854년 문학 박사 학위를 받았다.

1855년 대학 도서관의 부관장이 되었다. 학부생의 개별 지도교사를 하면서 수학 강의를 시작했다. 이듬해 공식적인 수학 교수가 되었다. 말 더듬는 습관 때문에 강의에 어려움을 겪기도 했다. 이후 26년간 옥스퍼드대학교에서 수학 교수로 일했다. 이때 〈재버워키〉의 첫 연을 썼고, 《코믹 타임스》에 시를 기고하기도 했다. 시를 기고할 때 처음으로 루이스 캐럴이라는 필명을 사용했다. 이때부터 일기를 쓰기 시작해서 죽는 날까지 계속 썼다.

1856년 3월에 카메라를 구입했다. 4월에 크라이스트처치칼리지의 학장 리델의 저택에서 성당 사진 촬영을 도와주다가 그의 자녀들을 만나게 되었다. 그중 둘째 딸이 바로 앨리스였다.

1861년 옥스퍼드대학교의 윌버포스 주교로부터 부제 서품을 받았다.

1862년 7월에 친구인 크리니티칼리지의 연구원 로빈슨 덕워스와 함께 리델 집안의 아이들과 뱃놀이를 했다. 그때 아이들에게 들려준 이야기가 바로 '지하 세계의 엘리스'였다. 이는 훗날 《이상한 나라의 앨리스》의 시초가 되었다.

1864년 크리스마스에 자필로 쓴 《지하 세계의 앨리스》를 앨리스에게 선물로 주었다. 출판사를 통해 삽화가 테니얼을 소개받았고, 이후 논의를 거쳐 '이상한 나라의 앨리스'라는 제목이 탄생했다.

1865년 7월에 《이상한 나라의 앨리스》를 맥밀런출판사에서 출간했다. 이후 보완을 거쳐 11월에 재출간했다.

1867년 6월에 짧은 콩트 〈브루노의 복수〉를 《Aunt Judy's Maga-zine》에 발표했다. 이 이야기는 후에 《실비와 브루노》의 토대가 되었다.

1868년 6월에 아버지가 세상을 떠났다. 이후 크로프트를 떠나 길퍼드로 이사했다.

1871년 《이상한 나라의 앨리스》의 속편 《거울나라의 앨리스》를 출간했다.

1876년 신비로운 동물을 섬 안에서 추적하는 이야기 《스나크 사냥》을 출간했다. 이 작품은 영국인들에게 또 다른 앨리스의 출현을 기대하게 만들었지만 판매는 저조했다. 하지만 이후 프랑스어로 번역되어 '초현실주의의 선구자'라는 찬사를 받았다.

1879년 본명으로 《유클리드와 현대의 맞수들》을 출간했다.

1880년 오래된 취미인 사진을 갑자기 그만두었다. 그동안 약 3,000장의 사진을 찍었는데 그중 1,000여 장이 남아 있다. 훗날 빅토리아 시대의 뛰어난 사진작가로 평가받게 된다.

1881년 크라이스트처치칼리지를 그만두고 오로지 창작에만 몰두했다.

1889년 12월에 어린이를 위한 새로운 책 《실비와 브루노》를 출간했다. 하지만 방대한 분량과 복잡한 줄거리 때문에 어려운 작품이라는 평가를 받았다.

1898년 1월 14일 독감이 기관지염으로 악화되어 생을 마감했다. 이후 길퍼드의 마운트 묘지에 묻혔다. 운명했을 무렵 《이상한 나라의 앨리스》는 16만 부가 팔렸다.

그린이 존 테니얼

풍자 잡지 《펀치》에 만화를 그렸고, 《이솝 우화》의 삽화를 그려 명성을 얻었다. 상상 속에 존재하는 환상의 동물들을 실감나게 그렸다는 평을 받았다.

옮긴이 박지선

동국대학교 영어영문학과와 성균관대학교 번역대학원에서 공부했다. 《작은 아씨들》, 《소호의 죄》, 《마지막 패리시 부인》, 《당신은 왜 나를 괴롭히는가》, 《우리의 관계를 생각하는 시간》을 비롯해 다양한 책을 번역했으며 〈론리플래닛 매거진 코리아〉 번역가로도 활동 중이다.

이상한 나라의 앨리스

개정판 1쇄 펴낸 날 2024년 12월 30일

지 은 이 루이스 캐럴
그 린 이 존 테니얼
옮 긴 이 박지선
펴 낸 이 장영재
펴 낸 곳 (주)미르북컴퍼니
자 회 사 더스토리
전 화 02)3141-4421
팩 스 0505-333-4428
등 록 2012년 3월 16일(제313-2012-81호)
주 소 서울시 마포구 성미산로32길 12, 2층 (우 03983)
E-mail sanhonjinju@naver.com
카 페 cafe.naver.com/mirbookcompany
인스타그램 www.instagram.com/mirbooks

* (주)미르북컴퍼니는 독자 여러분의 의견에 항상 귀 기울이고 있습니다.
* 파본은 책을 구입하신 서점에서 교환해 드립니다.
* 책값은 뒤표지에 있습니다.